用智慧之剑破开恐惧，

用逻辑之盾抵挡疯狂。

金甲虫

THE GOLD-BUG

THE COMPLETE TALES OF EDGAR ALLAN POE

[美国] 埃德加·爱伦·坡 著

曹明伦 译

译林出版社

图书在版编目（CIP）数据

金甲虫 / (美) 埃德加·爱伦·坡
(Edgar Allan Poe) 著 ; 曹明伦译. -- 南京 : 译林出
版社, 2025. 5. -- (爱伦·坡小说全集). -- ISBN
978-7-5753-0494-8

Ⅰ. I712.45

中国国家版本馆 CIP 数据核字第 2025ND5482 号

金甲虫　[美国] 埃德加·爱伦·坡 / 著　曹明伦 / 译

责任编辑　张紫毫
装帧设计　好谢翔
校　　对　戴小娥
责任印制　颜　亮

出版发行　译林出版社
地　　址　南京市湖南路 1 号 A 楼
邮　　箱　yilin@yilin.com
网　　址　www.yilin.com
市场热线　025-86633278
排　　版　南京新华丰制版有限公司
印　　刷　苏州市越洋印刷有限公司
开　　本　850 毫米 ×1168 毫米 1/32
印　　张　7.375
插　　页　2
版　　次　2025 年 5 月第 1 版
印　　次　2025 年 5 月第 1 次印刷
书　　号　ISBN 978-7-5753-0494-8
定　　价　32.80 元

目　　录

金 甲 虫

嘿！嘿！这家伙手舞足蹈！

他是被那种毒蜘蛛咬了。

——《一切皆错》

许多年前，我与一位叫威廉·勒格朗的先生成了知己。他出身于一个古老的法国新教徒家庭，曾经很富有，但一连串的不幸使他陷入贫困。为了避免不幸可能带来的羞辱，他离开了祖辈居住的新奥尔良城，在南卡罗来纳州查尔斯顿附近的沙利文岛上隐居起来。

这是一座非常奇特的岛。它差不多全由海沙构成，全岛长约3英里，最宽处不超过四分之一英里。一湾被大片芦苇遮掩得几乎看不见的海水把这座小岛与大陆分开，芦苇丛间是野鸡喜欢出没的软泥沼泽。可以想象，岛上林木稀疏，或至多有一些低矮的植物。任何高大的树木都不见踪影。靠近小岛西端矗立着默尔特雷要塞，散落着几幢每逢夏季才会有人为逃避查尔斯顿的尘嚣和炎热而前来居住的简陋木屋，也许只有在那儿能发现几丛扇叶棕榈。但除了这西端和沿岸一些白得刺眼的沙滩之外，全岛都被一种英格兰园艺家格外珍视的可爱的桃金娘所覆盖。这种灌木在这儿通常长到 15 至 30 英尺高，形成一片几乎密不透风的灌木林，向空气中散发其馥郁芬芳。

就在这片灌木林的幽深之处，在小岛东端或离东端不远的地方，勒格朗为自己盖起了一间小屋，我当初与他偶然相识时他就住在那屋里。我们的相识很快就发展成为友谊，因为这位隐居者身上有许多引人注目且令人尊敬的地方。我发现他受过良好的教育，而且智力超乎寻常，只是感染了愤世嫉俗的情绪，常常忽而激情洋溢，忽而又郁郁寡欢。他身边有许多书，但很少翻阅。他主要的消遣是打猎钓鱼，或是漫步走过沙滩，穿过灌林，一路采集贝壳或昆虫标本。他所收藏的昆虫标本说不定连斯瓦默丹[1]之辈也会羡慕。他漫步时通常都由一个名叫丘辟特的黑人老头陪着，这老头早在勒格朗家道中落之前就已获得解放，可无论是威胁还是利诱都没法使他放弃他所认为的服侍威廉少爷的权利。这个中缘由未必不是勒格朗的亲戚们认为勒格朗思维多少有点儿紊乱，于是设法把这种固执

1 斯瓦默丹（Jan Swammerdam，1637—1680），荷兰博物学家，著有《昆虫史》等。

的权利意识灌输进了丘辟特的脑子，以便他能监视和保护那位流浪者。

在沙利文岛所处的纬度上，冬季里也难得有砭人肌骨的日子，而在秋天认为有必要生火的时候更是千载难逢。然而，18××年10月中旬的一天，气候突然变得异常寒冷。日落之前，我磕磕绊绊地穿过灌木丛朝我朋友那间小屋走去，我已有好几个星期没去看望过他了，因为我当时住在查尔斯顿，离那座小岛有9英里，而那时来来去去远不如今天这么方便。到了小屋前我像往常一样敲门，没人回应，我便从我知道的藏钥匙的地方寻出钥匙，径自开门进屋。炉膛里一炉火燃得正旺。它使我觉得新奇，可绝没有令我感到不愉快。我脱掉外套，在一把扶手椅上坐下，挨近噼噼啪啪燃烧的木柴，耐心地等待两位主人回家。

天黑不久他俩回来，对我表示了最热忱的欢迎。丘辟特笑得合不上嘴，忙着张罗用野鸡准备晚餐。勒格朗正发作出一阵激情——除这么说之外我还能怎么说呢？他找到了一个不为人知的新种类双贝壳，而更重要的是，他在丘辟特的帮助下紧追不舍，终于捉到了一只他认为完全是一种新虫类的甲虫，不过关于他的认为，他希望天亮后听听我的看法。

“何不就在今晚呢？”我一边在火上搓着手一边问

他，心里却巴不得让所有的甲虫统统去见魔鬼。

“唉，我要早知道你来就好啦！”勒格朗说，“可我好久没见到你了，我怎么会料到你偏偏今晚会来呢？刚才在回家的路上我碰见要塞的G中尉，糊里糊涂就把虫子借给他看去了，所以你要到明天早晨才能看到。今晚你就住在这儿，明早日出时我就让丘辟特去把它取回来。它可真是最美妙的造物！”

“什么？日出？”

“别胡扯！我是说那只甲虫。它浑身是一种熠熠发光的金色，差不多有一颗大胡桃那么大，背上一端有两个黑点，另有一个稍长的黑点在另一端。它的触须是……”

“它身上可没有镀锡，威廉少爷，让我来接着你说吧，”这时丘辟特插了进来，“那是只金甲虫，纯金的，除开翅膀，从头到尾里里外外都是金子。我这辈子连它一半重的甲虫也没见过。”

“好啦，丘辟特，就算像你说的，可难道这就是你要让鸡烧煳的理由？”勒格朗以一种我觉得就事而论似乎多少有点过分的认真劲儿对丘辟特说，然后转向我，“那颜色真的差不多可以证实丘辟特的想法。你绝没有见过比那甲壳更璀璨的金属光泽，不过这一点你明天可以自己判断。现在我只能让你知道它的大概形状。”

他说着话在一张小桌前坐了下来，桌上有笔和墨水，却没有纸。他拉开抽屉找了找也没找到。

“没关系，”他最后说，“用这个也行。”他从背心口袋里掏出一小片我以为是被弄脏了的书写纸模样的东西，提笔在上面画出了一幅粗略的草图。当他画图的时候，我依然坐在火旁，因为当时我还觉得冷。他画好图后没有起身，只是伸手把图递给我。我刚把图接过手，忽听一阵狗的吠叫，接着是一阵抓门的声音。丘辟特打开门，勒格朗那条硕大的纽芬兰犬冲进屋里，扑到我的肩上，跟我好一阵亲热，因为以前我来访时曾对它献过许多殷勤。待它那股亲热劲儿过去，我看了看那张纸片，可说实话，我朋友所勾画的图形令我莫名其妙。

“噢！”我把纸片打量了一会儿说，“这是一只奇怪的甲虫，我必须承认，它对我来说很新鲜，我以前从不曾见过像这样的东西，除非它是一个颅骨，或者说是一个骷髅，在我所见到过的东西中，没有什么能比它更像骷髅了。”

“骷髅！”勒格朗失声重复道，“哦，不错，那是当然，它在纸上看起来倒真有几分像骷髅。这上面的两个黑点像是眼睛，嗯？底端的这个长黑点像是嘴巴，再说这整个形状是椭圆形的。”

“也许是这么回事，”我说，“不过，勒格朗，恐怕你不是画家。我若是真想了解那甲虫的模样，也只得等到我亲眼看见之时。”

“好吧，我不知道我算不算画家，”他说话时有点愤怒，“可我的画还算过得去，至少画这只虫子还可以。我拜过一些名师，而且相信自己的脑子还不笨。”

“但是，我亲爱的朋友，你这就是在说笑话了，”我说，“这是一个画得很好的颅骨。依照对这类生理标本的一般概念，我真的可以说这是一个画得极好的颅骨。如果你那只甲虫真像这个样子，那它一定是这世界上最奇怪的甲虫。嘿，我们倒可以在这一点上玩弄一下令人毛骨悚然的迷信。我看你不妨把这只甲虫命名为人头甲虫，或取个与此相似的名字，博物学中有不少诸如此类的名称。不过，你刚才说的触须在哪儿？”

“触须！”勒格朗对此似乎显出了一种莫名其妙的激动，“我相信你一定看见了触须。我把它们画得跟它的身子一样清楚，我想那就够了。”

“好吧，好吧，”我说，“也许你已经画得够清楚，可我还是没看见。”我不想惹他发火，便不再多说，只是把纸片递还给他。不过事情变成这样可真让我吃惊，他为何生气也令我摸不着头脑。而就他画的那幅甲虫图而论，上面的的确确看不见什么触须，而且整个形状确实像一个通常所见的骷髅。

他面带怒容地接过纸片，正要把它揉成一团，显然是想扔进火里，这时他偶然瞥向纸片的目光突然把他的整个注意力都吸引住了。一时间他的脸涨得通红，紧接着又变得非常苍白。他坐在那儿仔仔细细地把那张草图看了好一阵子。最后他起身从桌子上取了支蜡烛，走到屋子远端一个角落，在一只水手箱上坐下。他在那儿又开始急切地细看那幅草图，把一张小纸片颠来倒去。可他一直默不作声。他的举动令我大为惊讶，但我想还是小心点，啥也别说，以免为他越来越坏的心绪火上浇油。不一会儿他从衣袋里掏出皮夹，小心翼翼地将纸片夹在里面，然后把皮夹放进书桌抽屉并且锁好。这时他才开始显得平静了一些，但他进屋时那股洋溢的激情已完全消失。不过他看上去与其说像是发怒，倒不如说像是在出神。随着夜色越来越浓，他也越来越深地陷入沉思，我所有的俏皮话都不能把他从沉思中唤醒。我本来打算像往常一样在小屋过夜，可眼见主人这般心绪，我觉得还是告辞为妙。他没有勉强留我，但分别之时他握手的意味甚至比平时还热忱亲切。

在此大约一个月之后（其间我没见到过勒格朗），他的仆人丘辟特来查尔斯顿找我。我从不曾见过那个好心的黑人老头看起来那么沮丧，心里不由得担心有什么灾祸降到我朋友身上。

“喂，丘辟特，”我问，“出了什么事？你家少爷好吗？”

“好什么，实话实说吧，先生，他不像希望的那样好。”

“不好！听你这么说我真难过。他自己怎么说？”

“你瞧！问题就在这儿！他啥也不说，却为憋在心头的事犯病。”

“犯病，丘辟特！你干吗不早说？他卧床了吗？”

“不，他没有卧床！他哪儿也不卧。糟就糟在这儿。我都快为可怜的威廉少爷愁死了。”

“丘辟特，我倒真想弄明白你到底在说些什么。你说你家少爷病了。可他难道没告诉过你他哪儿不舒服？”

“哟，先生，你犯不着为这事发火。威廉少爷说他没哪儿不舒服。不过，他干吗要那样走来走去，耷拉着脑袋，耸起肩膀，脸色白得像只鹅？还有他老是做拼字游戏……”

“拼什么字，丘辟特？”

“拼记事板上的那些数字。那些稀奇古怪的数字我从来没见过。我可吓坏了，我跟你说。我不得不留神死死盯住他。可那天太阳还没出来，他就趁我不留神溜了出去，在外面逛了整整一天。我准备了一根大木棍，打算他一回来就狠狠揍他一顿。可我真是个大笨蛋，到头来我又不忍心下手，他的身体看上去糟透了。”

“嗯？什么？哦，是的！总而言之，我认为你对那可怜的家伙最好别太严厉。别揍他，丘辟特，他那身子骨经不起揍。不过你就不能想象一下是什么惹出了他这场病，或者说是什么使他变得这么古怪？我上次走后发生过什么不愉快的事吗？”

“不，先生，你走后没有过不愉快的事。我看恐怕是在那以前，就在你来的那天。”

“那是怎么回事？你想说什么？”

“哟，先生，我是说那只虫子。你瞧。”

“什么？”

“那虫子。我敢说威廉少爷的头上肯定有什么地方被那虫子咬了一口。”

“丘辟特，是什么使你这样认为？”

“先生，那虫子有好多脚，还有嘴。我从来没见过那样一只该死的虫子，谁靠近它它都又蹬脚又张嘴。威廉少爷捉住了它，但很快又不得不把它扔掉。我跟你说，他肯定就是在那个时候被咬的。我自己反正不喜欢那虫子嘴巴的模样，所以我才不用手指头去捉它，而是用我找到的一张纸把它逮住。我用那张纸把它包起来，还往它嘴里塞进一个纸角。就那么回事。”

“这么说你认为你家少爷真被那甲虫咬了一口，而这一咬就使他犯了病？”

“我不是认为，我知道这事。他要不是给那只甲虫咬了，那他干吗满脑子想着金子？我以前听说过金甲虫的事。”

“可你怎么知道他满脑子想着金子？”

“我怎么知道？因为他梦里都在念叨金子，所以我就知道了。”

“好啦，丘辟特，也许你是对的。可我今天为何这般荣幸，有你这样的贵客光临？”

“你怎么啦，先生？”

“我是说勒格朗先生让你捎什么话没有？”

“没有，先生，我只捎来这封信。”丘辟特说着递给我一张便条，内容如下：

亲爱的朋友：

为何我这么久见不着你？我希望你还不至于那么愚蠢，竟见怪于我一时的失礼怠慢。可你不会，这不大可能。

自上次与你分手，我心中当然一直很忧虑。我有一件事要对你说，可又几乎不知道从何谈起，或者该不该对你说。

我前些日子心绪不太好，而可怜的老丘又惹我生气，他那份出于好意的关心差点儿让我吃不消。你能相信这事吗？前几天我趁他不防，悄悄溜走，一个人在大陆那边的山上待了一天，他居然为此而备了根大木棍要惩罚我。我相信是我这副病容才使我免遭他那一顿痛打。

分手以来我的陈列柜里没增添新的标本。

若你能抽身，那请你无论如何也要设法随丘辟特来一趟。来吧。我希望今晚见到你，有要事相商。我向你保证此事至关紧要。

你永远的朋友

威廉·勒格朗

便条字里行间透露出一种令我深深不安的语气。它的行文风格与勒格朗平时的风格大不相同。他写信时可能在梦想些什么呢？他那容易激动的脑子里又冒出了什么奇思异想呢？他会有什么“至关紧要”的事非办不可呢？丘辟特所讲述的他的情况分明不是什么好的兆头。我真担心他所遭受的不幸所产生的持续压抑最终使得他精神紊乱。于是我毫不犹豫地决定随那黑人去一趟。

到了码头，我注意到我们要乘坐的那条小船里放着一把长柄镰和三把铲子，一看就知道全是新买的。

“这些是干什么用的，丘辟特？”我问。

“这是镰刀和铲子，先生。”

“这我知道，可放在这儿干吗？”

“威廉少爷硬要我在城里替他买这些镰刀和铲子，我给了那个该死的老板好多钱才把它们买到手。”

“可是，你家威廉少爷到底要用这镰刀和铲子去干什么？”

“这我可不清楚，要是我相信他自己清楚要干什么的话，让我出门撞见魔鬼好啦。不过，这一切都是因为那只虫子。”

看来丘辟特现在满脑子都是“那只虫子”。发现没法从他嘴里得到满意的答复，我便随他登船，扬帆起航。乘着一阵疾风，我们很快就驶入了默尔特雷要塞所在的那个小海湾，那儿离勒格朗的小屋有两英里路。我们到达小屋时是下午 3 点左右。勒格朗正在等待我们到来。

他抓住我的手时显出一种神经质的热情，这引起我的恐惧，也加深了我心头已经产生的怀疑。他的脸色白得就像蒙了一层死灰，深陷的双眼中闪烁着一种奇异的光芒。问候过他的健康状况之后，我一时不知该说什么，便信口问他是否已经从G中尉那里讨回了那只甲虫。

“哦，是的，”他激动得脸上有了血色，“我第二天一早就把它要了回来。现在无论什么都休想把我与那只甲虫分开。你知道吗，丘辟特对它的看法完全正确？”

“什么看法？”我问，心里涌起了一种不祥之兆。

“就是认为它是一只纯金的甲虫。”他说得一本正经，而我却感到非常震惊。

“这只甲虫将为我带来好运，”他露出一丝得意的微笑说，“它将帮助我重振家业。那么，我珍视它有什么大惊小怪的呢？既然命运女神认为应该把它给我，那我只要正当地利用它就能够找到它所指明的金子。丘辟特，把甲虫给我拿来！”

“啥！那虫子，少爷？我可不想去惹那只虫子。你要你得自己去拿。”于是勒格朗起身，露出一种严肃而庄重的神情，从一个玻璃匣子里为我取来了那只甲虫。那真是一只美丽的甲虫，而它在当时尚不为博物学家们所知。从科学的角度来看，这当然是一个重大收获。它靠近背部一端有两个圆圆的黑点，另有一个稍长的黑点靠近另一端。甲壳坚硬而光滑，看上去金光灿灿。虫子的重量也令人吃惊。考虑到所有这一切，我几乎不能责备丘辟特对它的看法，可我无论如何也不能理解勒格朗对它的看法。

待我把那只甲虫仔细看过一遍后，勒格朗以一种夸张的口吻说："我把你请来，就是要听听你的意见和得到你的帮助，以便进一步认清'命运'和那只虫子……"

"我亲爱的勒格朗，"我高声打断了他的话头，"你肯定是病了，我们最好采取点预防措施。你应该躺在床上，让我来陪你几天，直到你痊愈。你在发烧而且……"

"你摸摸我的脉搏。"他说。

我试了试他的脉，说真的，没有丝毫发烧的症候。

"可你也许是病了但没有发烧。这一次你就听我的吩咐吧。首先你得躺在床上。然后……"

"你弄错了，"他插嘴说，"我身体现在好得甚至能指望承受住我正在经历的激动。如果你真想我好，你就应该帮我减轻这激动。"

"那我该怎么做呢？"

"非常容易。丘辟特和我正要去大陆那边的山里进行一次探险，为此我们需要一位我们信得过的人帮忙。而你是我们唯一可信赖的人。无论这次探险成败与否，你现在所感觉到的我这份激动都同样会被减轻。"

"我非常希望能答应你的任何请求，"我回答说，

“可你的意思是否说这该死的甲虫与你进山探险有什么联系？”

“正是如此。”

“那么，勒格朗，我不能参加这种荒唐的行动。”

“我很遗憾。非常遗憾！因为我们就只好自己去试试看了。”

“你们自己去试试！你简直是疯了！可慢着！你们打算要去多久？”

“可能整整一晚上。我们马上出发，而且无论如何也得在日出前赶回。”

“那你是否能以你的名誉向我保证，等你这个怪念头一旦过去，等虫子的事（天哪！）一旦按你的心愿了结，你就务必回家并绝对听从我的吩咐，就像听从医生的吩咐一样？”

“是，我保证。那我们现在就出发吧，因为我们不能再耽搁了。”

我怀着沉重的心情伴随我的朋友。我们（勒格朗、丘辟特、那条狗和我）于下午 4 点左右出发。丘辟特扛着镰刀和铲子。他坚持要一个人扛那些工具。据我看，他这样做与其说是出于过分的勤快或者殷勤，倒不如说是生怕这些工具的任何一件会落在他少爷手上。他的行为非常固执，一路上他嘴里只嘀咕着“那该死的虫子”这几个字。我的任务是带着两盏有遮光罩的提灯，而勒格朗则满足于带着那只甲虫。他把甲虫拴在一根鞭绳绳端，一路走一路反复让它滴溜溜地转动，看上去就像在变戏法。看到朋友这种明显是神志错乱的表现，我的眼泪几乎夺眶而出。但我想最好是迁就一下他的想入非非，至少眼下应该这样，直到我想出行之有效的办法。同时我力图向他打听这次探险的目的，但结果一无所获。似乎他一旦把我劝上了路，就不愿再谈任何次要的话题，对我提出的所有问题他都一言以蔽之："咱们走着瞧吧！"

我们乘一叶轻舟渡过小岛西端的海湾，登上大陆海岸的高地，朝西北方向穿过一片人迹罕见的荒野。勒格朗信心十足地领着路，只是偶尔稍停片刻以查看那些显然是他上次经过时亲手留下的路标。

我们就这样走了大约两个小时。日落时分，我们进入了一个比一路上所见景象更凄凉的地方。那地方像是一个平台，靠近一座几乎不可攀缘的小山之峰顶。那小山从山脚到峰顶都被茂密的林木覆盖，林木间不时有摇摇欲坠的巨石巉岩突出，有好些巨石巉岩之所以未从峭壁坠入下面的山谷，仅仅是凭着它们倚靠于其上的树木的支撑。几条方向不同的深壑为这幅凄凉的景象增添了一种庄严肃穆的气氛。

我们所登上的那块天然平台荆棘丛生，我们很快就发现若不用那把长柄镰开道我们简直是寸步难行。丘辟特按照他少爷的吩咐为我们开出了一条小径，直通到一棵高大挺拔的郁金香木下。那棵郁金香木与八九棵橡树并肩屹立，但其叶簇之美丽、树形之优雅、丫枝之伸展，以及气势之巍峨都远远超过了那几棵橡树和我所见到的其他树。待我们到达那棵树下，勒格朗转向丘辟特，问他是否认为他能爬上那棵树。那老人似乎被这个问题吓了一跳，老半天没有回答。最后他走到那巨大的树身跟前，慢腾腾地围着它绕圈，非常仔细地上下打量。进行完这番详尽的探查，他只说了一句：

“行，少爷，老丘这辈子见过的树都爬得上去。”

“那你就尽快爬上去吧，因为天很快就会黑得看不清周围了。”

“得爬多高，少爷？”丘辟特问。

“得爬上主干，然后我再告诉你往哪儿爬。嘿，站住！把这只甲虫带上。”

“虫子，威廉少爷！金虫子！”那黑人吓得一边后退一边嚷，“干啥非得把虫子带上树？我不干！”

“如果你害怕，老丘，如果像你这样一个高大魁梧的黑人竟害怕一只伤不了人的小小的死甲虫，那你可以用这根绳子把它弄上去，可你要是不想办法把它带上去，那我非得用这把铲子砸碎你的脑袋。”

“你怎么啦，少爷？”丘辟特显然是因不好意思才勉强依从，“总想对你的老黑人大声嚷嚷。我不过说句笑话罢了。我怕那虫子？我干吗怕那虫子！”他说着小心翼翼地接过绳子，尽可能地让绳子另一端的甲虫远离身体，然后准备上树。

这种郁金香木又称木兰鹅掌楸，是美洲森林中最壮观的一种树，其幼树期时树身特别光滑，通常长得很高也不横枝旁节，但进入成年期后，树皮逐渐变得粗糙多节，树干也横生出许多短枝。所以当时那番攀缘看上去吃力可实际上并不很难，丘辟特尽可能让双臂双腿紧贴着巨大的树身，并用双手抓住一些短枝，在避免了一两次失手坠落之后，他终于爬进了树干的第一个分叉处，并且他似乎认为已大功告成。攀登的危险事实上已经过去，尽管攀登者离地面有六七十英尺高。

“现在得往哪儿去，威廉少爷？”他问。

“顺着最大那根分枝往上爬，就是这边这根。”勒格朗回答。那黑人立刻遵命而行，而且显然没费多大力气。他爬得越来越高，直到茂密的树叶完全遮蔽了矮胖的身影。不一会儿传来了他的喊声。

"还得爬多高？"

"你现在有多高？"勒格朗问。

"不能再高了，"那黑人回答说，"能从树顶看见天了。"

"别去看天，注意听我说。顺着树干往下看，数数你身下这一边的横枝。你现在爬过了多少根横枝？"

"一，二，三，四，五……我身下有五根横枝，少爷，在这边。"

"那再往上爬一根。"

过了片刻树上又传来声音，宣布已到达第七根横枝。

"听着，丘辟特，"勒格朗高声喊道，显得非常激动，"现在我要你尽可能再顺着那根横枝往外爬。要是看见什么奇怪的东西就马上告诉我。"

这时，我对我朋友的精神错乱还抱有的一分怀疑也终于消除了。我只能认定他是完全疯了，这下我开始焦虑怎样才能把他弄回去。当我正在琢磨如何是好，突然又听到了丘辟特的声音。

"真吓人，爬这根树枝太危险，这根枯枝从头到尾都光秃秃的。"

"你说那是根枯枝，丘辟特？"勒格朗用颤抖的声音大声问道。

“是的，少爷，它早就枯了，早就朽了，早就烂了。”

“天哪，我该怎么办？”勒格朗自问道，显得非常焦虑。

“怎么办！”我说，心中暗喜终于有了插话的机会，“回家去睡觉呗。走吧！这才是我的好朋友。天已经晚了，再说，你得记住你的保证。”

“丘辟特，”他径自喊道，把我的话完全当作了耳边风，“你能听见吗？”

“能听见，威廉少爷，听得清清楚楚。”

“那好，用你的刀子戳戳那木头，看看它是不是糟透了。”

“它已经够糟了，少爷，”那黑人过了一会儿回答道，“不过还没有完全糟透。说真的，我自己倒是还敢往外边再爬一截儿。”

“你自己！这是什么意思？”

“我说这只虫子呗。这虫子太重了。要是我把它扔掉，这根枯枝也许还不至于被一个黑人压断。”

“你这条该死的恶棍！”勒格朗显然是如释重负地嚷道，“你这样跟我胡说八道安的什么心？你要把甲虫扔掉我就拧断你的脖子。喂，丘辟特！你听见我的话吗？”

“听见了，少爷，你用不着对你可怜的黑人这般大声嚷嚷。”

“那好！你听着！要是你不扔掉虫子，继续往外爬，直爬到你觉得有危险的地方，那你下来后我就送你一块银币。”

“我正爬着呢，威廉少爷，我在爬，”那黑人立即答道，“都快爬到头了。”

“到头了！”勒格朗这时简直是在尖叫，“你是说你已经爬到那根横枝的头了？”

“就快到头了，少爷，啊……啊……啊！老天保佑！这树上是个啥玩意儿？”

“好啦！”勒格朗欣喜若狂地大声问道，“是个啥东西？”

“唉，偏偏只是个颅骨，有个人把自己的脑袋留在了树枝上，乌鸦把脑袋上的肉都吃光了。”

“你说是个颅骨？太好啦！它是怎样固定在那丫枝上的？用什么固定的？”

“当然，少爷，我得看看。真没想到，这太奇怪了！颅骨上有颗大钉子，就是这颗钉子把它钉在树枝上的。”

“很好，丘辟特，现在我怎么说你就怎么做。听见了吗？”

“听见了，少爷。”

“那你听仔细了，先把颅骨的左眼找到。”

“哼！哈！真妙！这儿压根儿就没有剩下什么眼睛。”

“你这个该死的笨蛋！你分得出你的右手和左手吗？”

“分得出，这我完全知道，我劈柴用的这只手就是我的左手。”

“当然！你是左撇子，你的左眼就在你左手那一边。我想，你这下该找到那颅骨上的左眼，或原来长左眼的那个窟窿了。找到了吗？”

这一次那黑人老半天没吭声，最后他问：

“这颅骨的左眼也在它左手一边吗？当然，这颅骨压根儿就没有什么手。不过没关系？我现在找到左眼了。这儿就是左眼！我该做什么？”

“把那只甲虫穿过它垂下来，尽量把绳子放完，可你得当心别松手放开了绳端。”

“都做好了，威廉少爷，把虫子穿过这窟窿真太容易了。注意它下来了！”

说话之间丘辟特的身影完全被树叶遮住，但他费了一番周折所垂下的那只甲虫已能够看见，它像一个锃亮的金球悬在绳端，在依然还蒙蒙映照着我们所站的那片高地的最后一线夕阳余晖中熠熠生辉。那只甲虫完全穿出了树冠的所有枝叶，如果让它往下掉就会掉在我们脚边。勒格朗飞快地拿起那柄镰刀，在正对甲虫的下方清理出一块直径三四码的圆形地面，然后他叫丘辟特放开绳子，爬下树来。

在甲虫坠地的准确落点打进一根木桩之后，我朋友从口袋里掏出一个卷尺。他将卷尺的一端固定在郁金香木的树干离木桩最近的一点上，接着拉开卷尺到达木桩，然后顺着树干与木桩这两点形成的直线又往前拉出 50 英尺。丘辟特用镰刀清除了这一线的荆棘。勒格朗在卷尺尽头的一点又打进一根木桩，并以这木桩为圆心大致画出了一个直径约 4 英尺的圆圈。最后他拿起一把铲子，给丘辟特和我也各人一把，这下他请求我们开始尽可能快地挖土。

说实话，我任何时候对这类消遣都毫无兴趣，而在那种特殊的情况下，我更是恨不得一口就拒绝他的请求，因为当时夜幕正在降临，而且经过一路跋涉我已经感到相当疲倦。可我一时想不出溜走的办法，又怕一口拒绝会使我朋友不安。当然，要是我能够依靠丘辟特的帮助，那我早就毫不犹豫地设法把这疯子强行弄回家了，但我太清楚这个黑人老头的立场，在任何情况下都不能指望靠他的帮助来反对他的少爷。我毫不怀疑这位少爷一直受到南方人关于地下埋有宝藏的许多迷信传说的影响，而由于他找到了那只甲虫，或者也许是由于丘辟特一口咬定那是“一只真金的虫子”，他便以为自己的想入非非得到了证实。错乱的神志往往都容易被这类暗示引入歧途，尤其是当这种暗示与其先入之见相吻合的时候，于是我不由得记起这可怜的家伙说那只甲虫将指引他找到财富。总之，我当时是忧心忡忡而且莫名其妙，但最后我决定，既然不得已而为之，那就干脆唱好这出假戏，认真挖坑，以便更快地用明明白白的事实让那位幻想家相信他是在想入非非。

两盏提灯一齐点亮，我们以一股更值得干件正经事的热情开始干活儿。由于灯光照在我们的身上和工具上，我禁不住想，若是这时有人偶然闯入附近，那在他眼里我们这伙人该有多么别致，我们所干的活该显得多么奇怪又多么可疑。

我们一刻不停地挖了两个小时。其间大家都很少说话，我们主要的麻烦是那条狗的吠叫，它对我们所干的活儿产生了极大的兴趣。到后来它的汪汪声越来越高，以至于我们开始担心它会惊动周围什么迷路的人。确切地说这是勒格朗的担心，因为我巴不得有人来打岔，使我能趁机把这位精神错乱者弄回家去。最后，丘辟特终于有效地止住了狗叫声，他不慌不忙且不屈不挠地爬出土坑，用他的一根吊裤带捆住了狗的嘴巴，然后他回到土坑，庄重地抿嘴一笑，重新开始干活。

这两个小时之后，我们已挖了5英尺深，却不见任何金银珠宝的踪迹。于是大家歇了下来，我开始希望这出滑稽戏能到此收场。然而，勒格朗虽说显得很窘，但他若有所思地拭去头上的汗又动手挖了起来。我们把那个已挖成的直径4英尺、深5英尺的土坑向外又稍稍扩大了一圈，向下又多挖了两英尺。但仍然一无所获。我所深深怜悯的那位寻金人终于带着一脸的绝望爬出土坑，极不情愿地慢慢穿上他开始干活前脱掉的外套。在此期间我一句话也没说。丘辟特按照他少爷的示意开始收拾工具。一切收拾停当，再解开了狗嘴上的吊裤带，我们便默不作声地上路回家。

我们也许刚走出十多步，勒格朗突然大骂一声冲到丘辟特跟前，一把揪住了他的衣领。那黑人惊得目瞪口呆，他扔掉了铲子，跪倒在地上。

“你这条恶棍，”勒格朗咬牙切齿一字一句地骂道，“你这个该死的家伙！我敢肯定是怎么回事！你说，马上回答我，别支支吾吾！哪只？哪只是你的左眼？”

“哦，天哪，威廉少爷！难道这只不是我的左眼？”心惊胆战的丘辟特大声问道，同时把手伸向他的右眼，并死死地捂住那只眼睛，好像是生怕他的少爷会将其挖出似的。

“我早就料到是这样！我早就知道是如此！好哇！”勒格朗大叫大嚷着松开了那黑人，手舞足蹈地旋转跳跃起来，他那名惊魂未定的仆人从地上爬起身，一声不响地看看他少爷又看看我，看看我又看看他少爷。

“嘿！我们得回去，”勒格朗说，“这事还没完呢。”他说着又带头朝那棵郁金香木走去。

“丘辟特，”我们一回到树下他又开口道，“到这儿来！那个颅骨是脸朝外钉在横枝上呢，还是脸朝着横枝？”

“脸朝外，少爷，所以乌鸦没费劲就能把眼睛吃掉。”

“很好，那么你刚才是把甲虫穿过哪只眼睛垂下来的？是这只还是那只？”勒格朗说着分别触了触丘辟特的两只眼睛。

“是这只眼睛，少爷，左眼，就像你告诉我的。”那黑人一边说一边指的恰恰是他的右眼。

“够了！我们必须再试一次。”

这下我看出，或者说我相信我看出，我朋友的狂热痴迷中显然有一些有条不紊的迹象。他把那根标明甲虫坠地落点的木桩从原来的位置往西挪动了3英寸左右，然后像先前一样将卷尺从树干最近一点拉至木桩，并顺着这条直线往前拉出50英尺，在离我们刚才挖掘地点几码远的地方定出一个新点。

一个比上次多少大一些的圆圈绕着这个新点被画出，我们又开始用铲子挖土。我当时累极了，可我几乎不明白是什么东西使我改变了自己的想法，对强派给我的那份活儿不再觉得反感。我已经莫名其妙地产生出兴趣，甚至感到了兴奋。也许是勒格朗越轨行为中显露的某种东西，某种老谋深算或说深思熟虑的神态打动了我。我热心地挥铲挖土，并不时发现自己心中实际上也怀有某种近似于期望的东西，也在期待那笔已使得我不幸的朋友精神错乱的想象中的财宝。就在这种想入非非的念头完全把我缠住之时，就在我们再次挖掘了大约一个半小时之后，我们又受到了那条狗狂吠的骚扰。它上次的不安显然只是一种嬉戏或任性，可它这一次却叫得声嘶力竭。当丘辟特又想捆住它的嘴巴时，它拼命反抗，并跳进坑里用爪子疯狂地刨土。不一会儿它就刨出了一堆尸骨，尸骨看上去是两具完整的骷髅，骷髅骨间混杂着几颗金属纽扣和看上去早已腐烂成土的毛呢。接下来的一两铲挖出了一片大号西班牙刀的刀身，再往下挖又发现了三四枚零散的金币和银币。

丘辟特看见这些东西便喜形于色，可他少爷脸上却露出大失所望的神情。不过他催促我们继续往下挖，而他话音未落，我突然一个趔趄朝前摔倒，原来我的靴尖绊住了一个半埋于松土中的大铁环。

我们这下挖得更起劲了，我一生中还从来没经历过比那更紧张而激动的10分钟。就在那10分钟内，我们顺顺当当地挖出一个长方形木箱。从木箱的完好无损和异常结实来看，它显然曾经过某种矿化处理，也许是经过二氯化汞处理。木箱长3.5英尺，宽3英尺，高2.5英尺。它被铁条箍得结结实实，还上着铆钉，整个表面形成一种格状结构。箱子两边靠近箱盖处各有三个铁环（总共六个），凭借这些铁环六个人可以稳稳地提起箱子。我们三人使出全身劲也只能稍稍摇动它一下。我们马上就看出不可能搬动这么重一口箱子。幸运的是，箱盖只由两根插销闩住。当我们拉动插销之时，热望使我们浑身发抖，气喘吁吁。转眼间，一箱难以估量价值的珍宝闪现在我们眼前。由于两盏提灯的灯光照进坑里，箱里混作一堆的金币珠宝反射出耀眼的光芒，一时间晃得我们眼花缭乱。

我不敢自称能描述我看见那箱财宝时的心情。当然，那会儿主要的心情就是惊诧。勒格朗好像是被兴奋耗尽了精力，老半天不说一句话。丘辟特一时间面如死灰，当然，这是说黑人的脸所能灰到的程度。他似乎惊呆了，或者说吓坏了。过了一会儿，他在坑底双膝跪下，把两条胳膊深深地插入那箱财宝，并久久地保持着那个姿势，仿佛在享受一次奢侈的沐浴。最后他深深叹了口气，好像是自言自语地大声说道：“这全亏那只金虫子！那好看的金虫子！那可怜的金虫子！那被我用粗话诅咒的小虫子！你难道不害臊，你这个黑鬼？回答我呀！”

最后我不得不提醒这主仆二人最好是搬走那些财宝。天越来越晚，我们应该尽力在天亮前将箱子里的每一件宝物都搬回家去。当时很难说该如何搬那口箱子，想办法就花去了我们好多时间，因为当时我们三人都那么慌乱无措。最后，我们将箱子里的东西拿出三分之二，才勉强把箱子弄出了土坑。我们把拿出的财宝藏在荆棘丛中，让那条狗留在那里守护，丘辟特还严厉地对狗叮咛了一番，要它在我们返回之前不许找任何借口擅自离开，也不许开口汪汪乱叫。随后我们就抬起箱子匆匆回家。我们平安抵达小屋时已是凌晨1点，而且大家都筋疲力尽。像我们那样疲乏不堪，要马上再接着干活儿已超越常人的能力。于是我们休息到2点并吃过晚饭，这才赶快又出发进山，这一次我们带上了三只刚巧在小屋找出的结实的口袋。将近4点我们又到达坑边，把剩下的财宝尽量平均地分装进三只口袋，也顾不得填上那个土坑，我们又上路匆匆回家。当我们再次把财宝放进小屋时，东边的树梢上刚刚露出最初的几抹曙光。

这下我们是彻底累垮了，但当时那股兴奋劲儿却不容我们安睡。在辗转不安地睡了三四个小时之后，我们就好像是事先商量过似的一道起床，开始清点我们的宝库。

那口箱子装得满满的，我们花了整整一天和一个大半夜才把那些金器珠宝清点完毕。那些东西装得毫无规矩条理，所有的钱币珠宝都乱七八糟混作一堆。经过一番细心的分门别类，我们发现我们所拥有的财产比开始想象的还要多。单是钱币的价值就超过了45万美元，我们是尽可能精确地按当时的兑换率来估计其价值的。

钱币中没一块银币。全部是年代久远而且五花八门的金币，有法国的、西班牙的和德国的古币，有少量英国的几尼，还有一些我们从来没有见过的金币。有几枚又大又沉的金币表面差不多被磨光，我们怎么也辨认不出当初所铸的字迹图案。钱币中没有一块美国铸币。箱里珠宝的价值更是难以估量。其中有110颗钻石，有些很大很纯，而且没一颗不大；有18块璀璨夺目的红宝石；有310块绿宝石，都很美丽；有21块蓝宝石；外加1块蛋白石。这些宝石全都被拆离了镶嵌物，胡乱地散装在箱子里。而那些我们从其他金器中分拣出来的镶嵌物看上去全都被榔头砸扁，似乎是为了防止被人认出。除了这些之外，箱里还有大量纯金装饰品，有将近200只分量很重的戒指和耳环，有30根华丽珍贵的金链（如果我没记错数的话），有83个又大又重的金十字架，有5个极其贵重的金香炉，有1只硕大的金制酒钵，上面雕有精美的葡萄叶和诸酒神图案，此外还有两把镶饰得非常精致的剑柄和其他许多我已记不起来的小物件。这些金器的重量超过了350磅，而我还没有把197只上等金表计算在内，其中有3只每只都值得上500美元。它们大多数都很古老，作为计时器已没有价值，表内的机件多少都受到腐蚀，但它们全都有昂贵的金壳并镶饰有精美的珠宝。那天晚上我们估计整箱宝物价值150万美元，到后来卖掉珠宝首饰时（有几件我们留着自用），我们才发现我们是大大低估了那箱财宝的价值。

当我们终于把财宝清点完毕，当那种紧张兴奋稍稍平息了几分，勒格朗见我迫不及待地想知道这谜中之谜的谜底，便开始详详细细地讲述事情的来龙去脉。

“你记得我让你看我画的甲虫图的那天晚上，”他说，“你也记得当你坚持说我画得像个骷髅时我十分恼火。你开始那么说时我还以为你在开玩笑，但后来我转念想到了甲虫背上那三个奇特的黑点，于是暗自承认你的说法还算言之有理。可你对我绘画技艺的嘲笑仍然令我愤怒，因为我通常被人认为是名出色的画家，所以，当你把那块羊皮纸递还给我的时候，我气呼呼要把它揉成一团扔进火里。”

“你是想说那张纸片吧。”我说。

“不！它看起来很像普通纸片，开始我也以为它是张纸片，但当我在上面画图时，我马上就发现它是一块极薄的羊皮。它很脏，这你还记得。对啦，当我正要把它揉成一团时，我的眼光落在了你看过的那幅草图上，而你可以想象我当时有多惊讶，我似乎看见在我先前画出甲虫的位置实实在在是一个骷髅的图形。我一时间惊得回不过神来。我知道我刚才所画的与眼前所见的在细节上迥然不同，尽管两者的轮廓大致相像。随即我取了支蜡烛，坐在屋子的另一头更加仔细地看那块羊皮纸。在我把它翻过来时，我在背面上看见了我画出的草图，和我先前画它时完全一样。我当时的第一个念头就是惊奇，我为两个图形的轮廓完全一样而感到惊奇，为这个事实中奇妙的巧合而感到惊奇。我惊奇自己竟然不知道在羊皮纸的另一边——在自己画的甲虫图背面，有一幅骷髅图。我惊奇那个骷髅不仅轮廓与我画的甲虫一样，而且大小也完全相同。我是说这种巧合之奇妙曾一度使我完全惊呆。这是人们碰到这类巧合时的通常结果。脑子拼命想要理出一个头绪，找出一种因果关系，而一旦不能如愿以偿，就会出现暂时的呆滞。然而，当我从这种呆滞中回过神来之时，我渐渐感知到一种甚至比那个巧合更令我吃惊的醒悟。我清清楚楚地记起，在我画那只甲虫的时候，羊皮纸上并没有其他图案。我最终完全确信了这一点，因为我记得我当时为了找一块干净地方下笔，曾把羊皮纸的正反两面都翻过。如果那上面画有骷髅，我当然不可能不注意到。这儿的确有一个我当时觉得不可能解开的谜。不过，即便是在那最初的一刻，我们昨晚的冒险所昭然揭示的那个真相似乎也像萤光一样在我心灵最幽深隐秘之处隐隐闪烁。我立刻起身小心地放好了那块羊皮纸，留待我一个人时再去进一步思考。

“待你离去和丘辟特熟睡之后，我开始对这件事进行更有条不紊的审视。首先我回顾了这块羊皮纸落到我手中的经过。我们发现甲虫的地方是在大陆海岸与这座岛相对偏东约一英里处，而且离涨潮水位线只有很短一段距离。当我抓住甲虫时它狠狠地咬了我一口，这使我不得不把它扔掉。丘辟特出于他习惯性的谨慎，见那只甲虫朝他飞去，便四下张望，想在身边找一片树叶之类的东西来捉那虫子。就在那个时候，他的目光和我的目光一道落在了这块羊皮纸上，当时我还以为是张普通纸片。它一半埋在沙里，一角朝上翘着。就在找到羊皮纸的附近，我注意到了一堆船体残骸，看上去像是大船上的一条救生艇。那堆残骸在那儿似乎已有很久很久，因为船骨的轮廓都几乎难以看出。

“后来丘辟特拾起了那块羊皮纸，把那只甲虫包在里面一齐交给我。不久之后我们就掉头回家，而在回家的路上碰见了G中尉。我让他看那虫子，他求我把虫子借给他带回要塞去看。我刚一答应，他就把虫子揣进了他的背心口袋，而没有再包上那块羊皮纸，因为在他看虫子那会儿羊皮纸一直捏在我手中。他也许是害怕我改变主意，认为最好还是马上把那意外收获抓牢再说，你知道他对与博物学有关的一切是多么热衷。我肯定就是在那个时候不知不觉地把那块羊皮纸放进了自己的口袋。

“你还记得当我走到桌旁想画出那只甲虫时，我发现桌上通常放纸的位置没有纸。我拉开抽屉找了找，也没找到。于是我搜寻自己的口袋，想找出一封旧信，这时我的手摸到了那块羊皮纸。我把羊皮纸到手的经过讲得这么详细，因为这些细节给我留下了特别深的印象。

“当然，你会认为我是胡思乱想，但我当时已经理出了一种关系。我已经把一根大链条的两个链环连接起来。当时海边上停着条小船，离小船不远处有张上面画着骷髅的羊皮纸，而那不是一张普通纸片。你自然会问‘关系在哪儿’，我的问答是，颅骨或说骷髅是众所周知的海盗标志。海盗船在作战时都要升起骷髅旗。

“我已经说过那是块羊皮纸，而不是普通纸。羊皮纸耐久，几乎可以永远保存。人们很少会用羊皮纸记载无关紧要的小事，因为一般的写写画画用普通纸反而更加适合。我所想到的这一点向我暗示了那个骷髅具有某种意义，某种关联。我也没有忽略那块羊皮纸的形状。尽管它的一角由于某种原因被损，但仍然可以看出它本来是长方形的。实际上人们正是用这样的羊皮纸来记录备忘之事，记录一些需要长期记忆并小心保存的事情。”

“可是，”我插话道，“你说你画那只甲虫时羊皮纸上并没有那个骷髅。那你怎么能把小船和骷髅扯在一起呢？因为按照你自己的说法，那个骷髅应该是在你画完甲虫之后才被画上去的（上帝才知道是怎么画的，谁画的）。”

“啊，整个奥秘的关键就在于此，不过我解决这关键的一点相对说来并没费多大力气。我的思路笃定无误，那就只能得出一个结果。譬如，我当时是这样来推论的：我画那只甲虫时羊皮纸上并没有那个骷髅。我画好之后就把羊皮纸递给了你，并且在你把它还给我之前我一直在仔细地观察你。所以，你并没有画那个骷髅，而且当时也没有别人能画。那么，羊皮纸上出现骷髅非人力所致。然而骷髅的出现是一个事实。

“当思路走到这一步，我就努力去回想并且清清楚楚地回想起了在那一段时间内所发生的每一件枝末小事。那天天气很冷（真是难得的幸事！），壁炉里烧着旺旺的火。我因为走热了而坐到了桌旁。然而你却早拖了把椅子坐在炉边。我刚把那方羊皮纸交到你手上，而你正要仔细看时，我那条叫沃尔夫的纽芬兰犬进屋并扑到你肩上。你当时用左手抚摸它然后将它撵开，而你拿着羊皮纸的右手则懒洋洋地垂到了你双膝之间，靠近了炉火。我一度以为火苗点着了纸片，并正要开口警告你，可你没等我开口就将其缩回，而且认认真真看了起来。当我把这些细节斟酌一番之后，我再也不怀疑我在羊皮纸上看见的那个骷髅是由于受热而显现出来的。你知道有一种化学药剂，自古以来就存在那种东西，用它可以在普通纸和皮纸上书写，而写的字迹只有经过火烤才会显露。人们有时将钴蓝釉置于王水中加热浸提，然后用四倍于浸提物之重量的水加以稀释，这样便得到一种绿色溶剂。将钴熔渣溶于硝酸钠溶液,便得到一种红色溶剂。这类书写剂冷却之后，经过或长或短的一段时间颜色就会消失，但若再次加热，颜色又会重新显露。

“于是我非常小心地细看那个骷髅。它外侧的边缘（靠羊皮纸边最近的边缘）比其他部分清楚得多。这显然是因为热力不足或不匀的缘故。我马上燃起火，把羊皮纸的每个部分都烤到炽热的程度。开始的唯一效果就是加深了骷髅图暗淡的线条，但随着实验的继续，羊皮纸上与骷髅所在位置成对角线相对的那个角上显露出一个图形。我开始还以为那是只山羊，但细看后我确信画的是只小山羊。”

“哈！哈！”我说,“我虽然没有权利笑话你，毕竟150万美元是一件不容取笑的正经事，但你不会为你那条链条找出第三个链环，你不可能在你的海盗和一只山羊之间发现任何特殊联系。你知道，海盗与山羊风马牛不相及，它们只与农业有关。”

“可我已经说过那图形不是山羊。”

“啊，那么说是小山羊，这差不多也一样。”

“差不多，但并非完全一样。”勒格朗说，“你也许听说过一个叫基德船长的人。我当时马上就把那个动物图形视为一种含义双关或者有象征意义的签名[1]。我说是签名，因为它在羊皮纸上的位置给了我这种暗示。与它成对角线相对的那个骷髅也同样具有图章或戳记的意味。但使我恼火的是，除此之外别的什么也没有，没有我所想象的契约文件内容，没有供我理清脉络的正文。”

“我想你是期望在那个印记和签名之间找出一封信。”

“正是想找诸如此类的东西。事实上，我当时有一种不可抗拒的预感，觉得有一笔财富即将落入我手中。我现在也难以说清为什么会有那种感觉。说到底，那也许仅仅是一种强烈的欲望，而不是一种真正的信念。可你知道吗，丘辟特关于纯金甲虫的那些蠢话对我的想象力施加了极大的影响。然后就是那一连串的意外和巧合，那么异乎寻常的意外和巧合。你注意到了吗，所有的一切居然都发生在同一天内，这是一个多么纯粹的巧合！而那一天偏巧又是一年中冷得应该或者可以烧火取暖的唯一一天，若没有那炉火，若不是那条狗恰好不早不晚地在那一刻进屋，那我也许永远也不知道有那个骷髅，因而也永远不会得到这笔财富。”

---

1 “基德”英文为 Kidd，而“小山羊”为 Kid，两者拼写和读音均相似。

“接着讲呀！我都等不及啦。”

“那好，你当然听说过许多流传的故事，许许多多关于基德和他的海盗们在大西洋岸边某地埋藏珍宝的传说。这些传说很可能有一定的事实根据。而在我看来，它们能经年历代流传至今，这只能说明埋藏的珍宝迄今依然未被发掘。若是基德把他的赃物埋了一段时间然后又取走，那我们今天所听到的传闻就不会这样几乎千篇一律。你一定已注意到那些传说讲的都是寻宝的人，而不是找到宝藏的人。而要是那个海盗自己取走了财宝，那寻宝之事早就应该偃旗息鼓。依我之见，似乎是某种意外事件，比如说指示藏宝地点的密件丢失，使得他没法再找回那批珍宝，而这个意外事件又被他的喽啰们所知，不然他们也许永远也不会听说藏宝的事。那些喽啰们开始寻觅宝藏，但由于没有指引而终归徒然，而他们寻宝的消息不胫而走，成了今天家喻户晓的传闻。你听说大西洋沿岸发掘出过什么大宗珍宝吗？”

“从未听说。”

“但众所周知，那个基德所积聚的财宝不可悉数。所以我理所当然地认为那批珍宝还埋在地下。我说出来你也许还不至于被吓一跳，当时我就感觉到了一种希望，一种几乎等于确信的希望，我希望这方来得如此蹊跷的羊皮纸暗暗记载着那个藏宝的地点。”

“那你是如何着手处置的呢？”

“把火加旺之后我把羊皮纸再次伸到火边，但什么也没显出。这下我想到那很可能是羊皮纸表面那层污垢在碍事，于是我小心翼翼地浇着热水把羊皮纸冲洗干净，然后将其画有骷髅的一面朝下放进一个平底锅，并把平底锅放在一个烧旺的炭炉上。过了几分钟，平底锅完全加热，我揭下羊皮纸，欣喜若狂地发现上面有好几个地方显露出了看上去像是排列着的数字。我把羊皮纸放回平底锅又烤了一分钟。当我再把它揭起时，上面所显露的就和你现在所看见的一样。”

勒格朗说话间已把羊皮纸重新加热，现在他把羊皮纸递给我看。下面的这些字符就是以一种红色溶剂被拙劣地书写在那个骷髅和山羊之间：

53‡‡†305))6★;4826)4‡.)4‡);806★;48†8¶60))85;1‡(;:‡★8†83(88)5★†;46(;88★96★?;8)★‡(;485);5★†2:★‡(;4956★2(5★—4)8¶8★;4069285);)6†8)4‡‡;1(‡9;48081;8:8‡1;48†85;4)485†528806★81(‡9;48; (88;4(‡?34;48)4‡;161;: 188;‡?;

“可我还是莫名其妙。”我说着把羊皮纸递还给他，

"即便我解开这个谜就把戈尔孔达[1]的珠宝全都给我，我也肯定没法得到它们。"

"然而，"勒格朗说，"此谜并不像你乍一看见这些字符时所想象的那么难解。正如任何人都能轻而易举就猜出的一样，这些字符构成了一组密码，这就是说，它们具有意义。但是，从世人对基德所了解的情况来看，我并不认为他能够编出任何一组深奥难解的密码。我当时立刻就认定这组密码属于简单的一类，不过对那些笨头笨脑的水手来说，没有译码暗号这就等于一页天书。"

"你真把它给解开了？"

"没费吹灰之力，比这难上万倍的谜我都解开过。生活环境和我心智上的某种嗜好使我历来对这类字谜颇感兴趣，而人们完全可以怀疑，是否人的机敏真能编出一种让人用机敏得到的适当的方法也解不开的谜。事实上，一旦证实这些连接完整且字迹清楚的字符之后，我几乎就没有想过推究出它们的含义有什么真正的困难。

"就眼前这个例子而言，其实对所有的密码暗号也一样，首要的问题是考察出密码所采用的语言，因为

1 戈尔孔达，印度古城，在今海得拉巴以西9公里处，曾以盛产钻石而闻名。

破译密码的原则，尤其是就较简单的密码而论，往往就依其独有的语言特征而定，并随其特征的变化而变化。一般来说，破译者唯一的办法就是用自己所通晓的语言逐一试验（由概率决定试验方向），直到考察出与密码相吻合的语言。但我们面前这份密码由于有这个签名，考证语言这道难题便迎刃而解。'基德'这个词只有在英语中才能体会其双关意味。要不是想到了这一点，我说不定会先用西班牙语和法语来试译，因为出没于加勒比海一带的海盗编这种密码十有八九会用那两门语言。事实上，我假定这份密码是用的英语。

"你看这些字符全连在一起。若是中间有间隔，破译起来就会相对容易一些。在那种情况下，我首先就会从对照分析较短的符号入手，只要能从字符中找出一个字母，这很有可能（比如 a 或者 i），我就可以认为破译之成功已有了保证。但是,这些字符间没有间隔，那我第一步就必须是确定出现次数最多和最少的符号。经过点数，我列出了下表：

8 出现 33 次。

; 出现 26 次。

4 出现 19 次。

‡和）各出现16次。

*出现13次。

5出现12次。

6出现11次。

†和1各出现8次。

0出现6次。

9和2各出现5次。

:和3各出现4次。

?出现3次。

¶出现2次。

—和.各出现1次。

“而在英语中，出现频率最高的字母是e。其余依序是：a o i d h n r s t u y c f g l m w b k p q x z。然而e的使用频率是那么高，以至于在任何一个不论长短的单句里，都很少发现出现次数最多的字母不是e。

“这样，我们从一开始就有了这个并非纯粹猜测的根据。很明显，我列的这种统计表用途很广泛，不过单就这份密码而言，我们只需要稍稍借助于它的部分用途。因为我们这份密码中用得最多的符号是8，我们不妨一开始就假设符号8代表字母表中的e。为了证实这个假设，让我们来看看是否8在这份密码中一再叠用，因为 e 这个字母在英文中常常叠用，譬如像在‘meet’、‘fleet’、‘speed’、‘seen’、‘been’和‘agree’等单词中那样。眼下这份密码虽说很短，可 8 这个符号的叠用却多达五次。

“因此让我们假定 8 就是 e。而在英语中，最常用的单词是‘the’，所以让我们来看看密码中是否一再出现按相同顺序排列而且末尾是 8 的三个符号。如果我们发现这样排列的三个符号一再重复，那它们很可能就代表‘the’这个字眼。细细一查，我们会发现这样的排列至少出现了七次，排列的符号是“;48”。于是我们就可以假定这个分号代表 t，4 代表 h，而 8 则代表 e。现在最后这个假定已被充分证实。这样我们就迈出了一大步。

“而我们一旦确认了一个单词，我们就能够确定非常重要的一点，即我们能够确定其他几个单词的词头和词尾。现在让我们以离密码结尾不远处的倒数第二个‘;48’组合为例。这下我们知道紧随其后的那个分号是一个单词的词头，而接在‘the’这个单词后面的六个符号我们至少认识五个。让我们把这些符号变成我们已知的它们所代表的字母，为那个未知的字母留出一个空格：t eeth。

“现在我们一下子就能看出末尾的‘th’并非一个

以 t 开头的单词之组成部分，从而将其排除，因为把字母表中的全部字母逐一填入上面那个空格试拼，我们都发现不可能拼出一个 th 结尾的单词。于是我们把它缩短为 t ee，若有必要，可像先前一样把全部字母逐一填入空格，我们会发现只有‘tree’是唯一拼得通的单词。这样，有了‘the tree’这两个并列的单词，我们又得到了由‘(’代表的字母‘r’。

“顺着这两个已知的单词稍稍向后推延，我们会又看到一个‘;48’符号组合，把这一组合作为这一小段的末尾，于是我们得出以下排列：the tree ;4(‡?34 the。或者用已知的字母替换出代表它们的符号，排列读成：the tree thr‡?3h the。

“现在要是把未知的符号变为空格或用圆点代替，我们便读到如下字样：the tree thr. . .h the。这时‘through’一字便显露无遗。而这一发现又给了我们三个新的字母，即分别由 ‡、? 和 3 代表的 o、u 和 g。

“现在要是把密码从头到尾仔细看一遍，找出已知符号的组合，我们会在离开头不远的地方发现这个排列：83 (88，或译成 egree。这一看就知道是‘degree’这个单词后面的部分，于是我们又知道了符号‘†’表示字母 d。

“在与‘degree’这个单词间隔四个符号之后，我们看到这样的组合：;46(;88*。

“译出已知的符号，未知的依然用圆点代替，我们便读道：th . rtee.。这一字母组合马上就暗示出‘thirteen’这个单词，这又为我们提供了两个新的译码暗号，字母 i 和 n 分别由符号 6 和 * 表示。

“这下来看看密码的开头，我们看到这个组合：53‡‡†。

“像先前一样破译，我们得到：.good。这使我们确信那第一个字母是A，而密码开头的两个字是‘A good’。

“为了避免混淆，我们现在应该把已经发现的译码暗号列成一张表，列表如下：

5 代表 a

† 代表 d

8 代表 e

3 代表 g

4 代表 h

6 代表 i

* 代表 n

‡ 代表 o

(代表 r

；代表 t

“所以我们至少已经破译出至关重要的字母中的 10 个，而破译的详细过程我们无须在此赘述。我所说的已经足以使你相信这类密码不难破译，而且让你对破译密码的基本原理有了几分了解。不过请相信，我们眼前的这个例子属于密码中最最简单的一类。现在唯一要做的就是让你看根据羊皮纸上那些已被解答的符号破译出的密码全文。请看：

一好镜在毕晓普客栈在魔鬼的椅子 21°13′东北偏北主枝第七丫枝东侧从骷髅左眼落子弹一直线从树经子弹到 50 英尺外。”

“可是，”我说，“这谜似乎仍然和先前一样费解。怎么可能解释这些莫名其妙的话呢，什么‘魔鬼的椅子’‘骷髅’，还有‘毕晓普客栈’？”

“我承认，”勒格朗说，“这事晃眼一看仍然是雾中观花。我的第一番努力就是把全文分成编密码的人本来想说的句子。”

“你是说加标点？”

“差不多是那么回事。”

“但这怎么可能呢？”

“我想编密码的人把他的符号不加间隔地连在一起自有目的，那就是为了增加破译的难度。而一个并不太精明的人想这样做，十之八九会做得过了头。在书写过程中，每当遇到本来该用标点来表示停顿的地方，他往往把符号连接得比其他地方还紧。如果愿意细看一下眼前这份手稿，你就不难看出这种连接得特别紧的地方一共有五处。根据这种暗示，我把全文分成五个意群：

一好镜在毕晓普客栈在魔鬼的椅子——21°13′——东北偏北——主枝第七丫枝东侧——从骷髅左眼落子弹——一直线从树经子弹到50英尺外。”

“即便这样划分开，我还是不知所云。”我说。

“开始几天我也不知所云，”勒格朗答道，“那些天我跑遍了沙利文岛附近的地方，四下打听叫‘毕晓普旅馆’的房子，当然我没有用‘客栈’这个过时的字眼。打听不到这方面的情况，我便准备扩大寻找的范围，并以一种更有系统的方法继续进行调查。就在一天早上，我突然想到这个‘毕晓普客栈’很可能与一个姓贝索普的古老家族有关，那个家族很久以前曾在沙利文岛北方约 4 英里外的地方有过一座庄园。于是我去了那个地方，在那些上了年纪的黑人中打听。最后有一个年龄最大的女人告诉我，她曾听说过一个叫作贝索普城堡的地方，并认为她可以领我去那儿，不过那地方既不是什么城堡也不是什么客栈，而是一座高高的岩壁。

“我提出要给她一笔可观的酬劳，而她犹豫了一下才答应为我领路。我们没费多大周折就找到了那个地方。让那老妇人离开之后，我便开始仔细观察。那‘城堡’是一堆奇形怪状的峭壁巉岩，其中一块巉岩尤其引人注目，它兀然独立，高高耸起，而且似乎有人工雕凿的痕迹。我一口气爬上巉岩之顶，随即感到一阵茫然，不知下一步该做什么。

“就在我埋头沉思之时，我的目光落在了脚下 1 码处巉岩东壁一个窄长形的突出部上。这个突出部向外伸出约 18 英寸，宽则不超过 1 英尺，在它正上方的岩壁上有一凹处，这使它看上去就像一把我们的祖辈使用过的那种凹背椅。我确信那就是密码中提到的‘魔鬼的椅子’，而这时我似乎已经领悟了那个字谜的全部奥秘。

“我知道‘好镜’只能是指望远镜，因为水手使用‘镜’这个字时很少是指别的东西。而且我马上就明白了需要使用望远镜观测，而且必须在一个确定的观测点，这地点不许变动。我还毫不迟疑地相信密码中说的‘21°13′’和‘东北偏北’是指望远镜对准的方向。这些发现使我兴奋不已。我匆匆回家取了望远镜，然后又急匆匆地返回那巉岩之顶。

“我下到那个突出部上，并发现只有以一种独特的姿势才能够坐在上面。这个事实证明了我先前的揣测。我开始用望远镜观测。当然，那‘21°13′’只可能指观测点水平线之上的仰角，因为‘东北偏北’已清楚地指示了地平方向。地平方向很快就被我用一个袖珍罗盘测定，然后我凭估计尽可能地使观测线与观测点水平线形成一个21°的仰角，这下我小心翼翼地上下移动望远镜，直到我的注意力被远方一棵比其他树都高的大树叶簇之间的一个圆形缝隙或空隙所吸引。我发现那空隙当中有一个白点，但开始未能看清是什么，待调过望远镜的焦距我再仔细一望，这时才看出那是一个骷髅。

“这一发现使我大为乐观，自信已经揭开了谜底，因为密码中的‘主枝第七丫枝东侧’只能是指那个骷髅在那棵树上的位置，而‘从骷髅左眼落子弹’也只容许一种解释，那是寻宝的方法之一。我看出其做法就是从那个骷髅的左眼丢下一粒子弹，然后从树干离子弹最近点引一直线，经‘子弹’（或说子弹坠地的落点）向前再延伸50英尺，这就会指示出一个确定的地点，而我认为这个地点下边至少可能埋着一批财物。”

“这一切都非常清楚，”我说，“尽管很巧妙，但简单明了。那后来呢，在你离开‘毕晓普旅馆’之后？”

“后来嘛，小心地记住了那棵树的方位之后，我就回家了。不过在离开‘魔鬼的椅子’之后，我发现那个圆形空隙从望远镜中消失了，虽然我反复调整角度，但都未能再看到它一眼。在我看来，这整个事情最巧妙的地方似乎就是这个事实（因为一再地尝试使我确信那是个事实），除了岩壁上那个窄长的突出部所提供的观测点外，从任何可能的角度都看不到树上那个圆形空隙。

“那次‘毕晓普旅馆’之远征我是由丘辟特陪着去的，他准是注意到我在那之前的几个星期内一直心不在焉，所以特别留神不让我单独外出。但第二天我起了个早，设法趁他不备时溜了出去，独自进山去寻那棵树。我费了不少劲但总算把树找到了。待我晚上回家时，我这个仆人竟然打算揍我一顿。至于后来的事，相信你和我知道得一样清楚。”

“我想，”我说，“你第一次挖错了地方就是因为丘辟特愚蠢地将那只甲虫从骷髅的右眼垂下，而不是穿过左眼垂下。”

“完全正确。这一错就使‘子弹’的落点相差了大约两英寸半，这就是说使靠近树的那根木桩与本来应该的位置差了两英寸半。如果那批财宝就埋在‘子弹’落点之下，那这一差错就无足轻重，可那落点和树干离‘子弹’最近点仅仅是确定一条直线方向的两点。所以，不管这一差错开头是多么微乎其微，但随着直线的延伸它变得越来越大，等我们拉出 50 英尺之时，那就真可谓差之毫厘，谬以千里了。若不是我深信那批财宝就埋在那儿的什么地方，那我们很可能就会徒劳一场。”

“我相信基德是受海盗旗的启发才想到那个骷髅，想到让一粒子弹穿过骷髅的眼睛坠地的。毫无疑问，他觉得在通过这一不祥的标志找回他的钱财的过程之中有一种理想化的连贯性。”

“也许如此。可我还是忍不住认为他这样做更多是出于常识，而不是出于什么理想化的连贯性。如果标志很小，又要从魔鬼的椅子上才能看到，那它就必须是白色。而没有任何东西能像人头骨那样长期被风吹雨打却仍能保持白色，而且甚至会变得更白。”

“可当初你言过其实的一番吹嘘，还有你转动甲虫的一番举动，真是古怪到了极点！我当时认为你肯定疯了。可你后来为什么还坚持让那只甲虫穿过骷髅垂下，而不是用一粒子弹呢？”

“这个嘛，坦率地说，你当时怀疑我神志不健全使我多少有几分恼怒，于是我决定以我的方式稍稍故弄玄虚，暗暗地对你进行惩罚。我因此才转动那只甲虫，并故意要让它从树上垂下。我想到这后一个主意还是因为听你说那甲虫很重。”

“哦，我明白了。现在只剩下一点还使我感到迷惑。我们该怎么理解坑里挖出的那两具骷髅呢？”

“这问题我和你一样没法回答。不过，对此似乎只有一种还讲得通的解释，不过要相信我这个解释中所指的那种残忍真是太可怕了。事情很清楚，基德他（如果这批财宝确系基德藏匿，而对这一点我深信不疑），基德他显然得有人帮助他搬运挖坑。但在箱子埋下之后，他也许会认为最好是把知道他秘密的人都干掉。趁他的助手们在坑里忙乎之时，他也许用一把鹤嘴锄砸两下就足够了，或许需要砸十来下，这谁能说得上来？”

莫格街凶杀案

塞壬唱的什么歌，或阿喀琉斯混在姑娘群中冒的什么名，虽说都是费解之谜，但也并非不可揣度。

——托马斯·布朗爵士

被人称为分析的这种智力特征，其本身就很难加以分析。我们领略这种特征仅仅是据其效果。我们于其他诸事物中得知：若是一个人异乎寻常地具有这种智力，他便永远拥有了一种乐趣之源。正如体魄强健者为自己的体力而陶然，喜欢那些能运用其体力的活动一样，善分析者也为其智力而自豪，乐于解难释疑的脑力活动，只要能发挥其才能，他甚至能从最微不足道的小事中找到乐趣。他偏爱猜谜解惑，探赜索隐；在他对一项项疑难的释解中展示他那种在常人看来不可思议的聪明程度。他凭条理之精髓和灵魂得出的结果，实在是有一种全然凭直觉的意味。

解难释疑的能力可以凭研究数学而大大加强，尤其是凭研究它那门最高深的分支——高等数学。高等数学因其逆运算而一直被错误地认为是最杰出的分析，然而计算本身并不是分析，譬如下象棋的人算棋就无须分析。由此可见，下象棋凭智力天性的看法完全是一种误解。我现在并非在写一篇论文，而是非常随意地用一些凭观察而获得的知识作为一篇多少有点离奇的故事的开场白，因此我愿意趁此机会宣称，较强的思考能力用在简单而朴素的跳棋上比用在复杂而无聊的象棋中作用更加明显，更加见效。象棋中各枚棋子皆有不同的古怪走法，并有不同的可变化的重要性，而人们往往把这种复杂误以为是深奥（不足为奇的谬见）。下象棋务必全神贯注，若稍有松懈，一着不慎，其结果将是损兵折将或满盘皆输。象棋的走法不仅多种多样而且错综复杂，出错的可能性因此而增多；十局棋中有九局的胜者都赢在比对手更全神贯注，而不是赢在比对手聪明。跳棋与象棋正好相反，它只有一种走法而且很少有变化，因而疏漏的可能性很小，相对而言也无须全神贯注，对局者谁占优势往往取决于谁更聪明。说具体一点，假设一局跳棋双方只剩四枚王棋，这时当然不存在疏漏之虞。显而易见（如果棋逢对手），胜利的取得仅在于某种考究的走法，在于某种智力善用之结果。若不能再用通常的对策，善分析者往往会设身处地地去揣摩对手的心思，这样倒往往能一眼看出诱他误入歧途或忙中失算的仅有几招（有时那几招实在简单得可笑）。

惠斯特牌一向因其对所谓的计算能力有影响而闻名，而那些智力出众者素来爱玩惠斯特而不下无聊的象棋也为众人所知。毫无疑问，在这类游戏中再没有什么比玩惠斯特更需要分析能力。整个基督教世界最好的象棋手或许也仅仅是一名最好的棋手，可擅长玩惠斯特就意味着具有在任何更重要的斗智斗法的场合取胜的能力。我说擅长，是指完全精通那种囊括了获取正当优势的全部渠道的牌技。这些渠道不可悉数，而且变化无穷，并往往潜伏在思想深处，一般人难以理解。留心观察就能清楚记忆，就此而言，专心致志的棋手都是玩惠斯特的好手，只要他能把霍伊尔牌谱中的规则（以实战技巧为基础的规则）完全弄懂。于是记忆力强和照“规则”行事便普遍地被认为是精于此道的要点。但偏偏是在超越规则范围的情况下，善分析者的技艺才得以显示。他静静地做大量的观察和推断。但也许他的牌友们也这么做，所以所获信息之差异与其说是在于推断的正误，不如说是在于观察的质量。必要的是懂得观察什么。我们的牌手一点儿不限制自己，也不为技巧而拒绝来自技巧之外的推论。他观察搭档的表情，并仔细地同两位对手的表情逐一比较。他估计每人手中牌的分配，常常根据每人拿起每张牌时所流露的眼神一张一张地计算王牌和大牌。他一边玩牌一边察颜观色，从自信、惊讶、得意或懊恼等不同的表情中搜集推测的依据。他从对手收一墩赢牌的方式判断收牌人是否会再赢一墩同样花色的牌。他根据对手出牌的神态识别那张牌是否声东击西。总之，对手偶然或无意的只言片语，失手掉下或翻开一张牌及其伴随的急于掩饰或满不在乎，计点赢牌的墩数以及那几墩牌的摆法，任何窘迫、犹豫、焦急或惶恐，全都逃不过他貌似直觉的观察，都向他提供了真实情况的蛛丝马迹。两三个回合下来他便对各家的牌胸有成竹，从此他的每张牌都出得恰到好处，仿佛同桌人的牌都摆在了桌面上似的。

分析能力不可与单纯的足智多谋混为一谈，因为虽说善分析者必然足智多谋，但足智多谋者往往出人意料地不具有分析能力。常凭借推断能力或归纳能力得以表现的足智多谋被骨相学家（错误地）归于某一独立器官，并认为是一种原始能力，但这种能力是那么经常地见之于其智力在别的方面几乎等于白痴的人身上，以至于引起了心理学者的普遍注意。实际上，在足智多谋和分析能力之间存在着一种比幻想和想象之间的差别还大得多的差异，不过两者之间有一个非常类似的特征。其实可以看出，足智多谋者总沉湎于奇思异想，而真正富于想象力的人必善分析。

在某种程度上，读者可以把下面这个故事看作是对上文一番议论的注解。

18××年春天和初夏我寓居在巴黎，其间结识了一位名叫C.奥古斯特·迪潘的法国人。这位年轻绅士出身于一个实际上颇有名望的高贵家庭，但由于一系列不幸的变故，他当时身陷贫困，以至意志消沉，不思振作，也无意重振家业。多亏债主留情，给他留下了一小部分财物。他就凭来自那份薄产的收入，精打细算维持起码的生活，除此倒也别无他求。实际上书是他唯一的奢侈品，而在巴黎书是很容易到手的东西。

我与他初次相遇是在蒙马特街一家冷僻的图书馆里，当时我们都在寻找同一本珍奇的书，这一巧合使我俩一见如故。此后我们就频频会面。他以法国人那种一谈起自己的家庭就少不了的坦率把他的家史讲得很详细，我则怀着极大的兴趣听得津津有味。我对他的阅读面之广而大为惊讶；而更重要的是，我感到他炽烈的热情和生动新奇的想象在我的心中燃起了一把火。当时我正在巴黎追求我自己的目标，我觉得与他那样的人交往对我来说是一笔无价的财富。我真诚地向他袒露了我的这一感觉。最后我俩商定，在我逗留巴黎期间我俩将住在一起。由于我当时的境况多少不像他那般窘迫，他同意由我出钱在圣热尔曼区一个僻静的角落租下了一幢式样古怪、年久失修、摇摇欲坠的房子，那房子因某些迷信而长期闲置，我俩对那些迷信并未深究，只是把房子装饰了一番，以适应我俩共有的那种古怪的忧郁。

倘若我们在这幢房子里的日常生活为世人所知，那我俩一定会被人视为疯子，不过也许只被视为于人无害的疯子。我们完全离群索居，从不接纳任何来客。实际上我一直小心翼翼地没把我俩的隐居处告诉我以前的朋友，而迪潘多年前就停止了交友，在巴黎一直默默无闻。我俩就这样避世蛰居。

我的朋友有一个怪诞的习性（除了怪诞我还能称什么呢？），他仅仅因为黑夜的缘故而迷恋黑夜。而我也不知不觉地染上了他这个怪癖，就像染上他其他怪癖一样。我完全放任自己心甘情愿地服从他的奇思狂想。夜神不可能总是伴随我们，可我们能够伪造黑夜。每当东方露出第一抹曙光，我们就把那幢老屋宽大的百叶窗统统关上，再点上两支散发出浓烈香味、放射出幽幽微光的小蜡烛。借着那点微光，我们各自沉浸于自己的梦幻之中——阅读、书写，或是交谈，直到时钟预报真正的黑夜降临。这时我俩便手挽手出门上街，继续着白天讨论的话题，或是尽兴漫步到深更半夜，在那座繁华都市的万家灯火与阴影之中，寻求唯有冷眼静观方能领略到的心灵之无限激动。

每当这样的时候，我就不能不觉察并赞佩迪潘所独具的一种分析能力，不过我早就从他丰富的想象力中料到他具有这种能力。他似乎也非常乐意对其加以运用，如果恰好不是炫耀的话。他毫不含糊地向我承认这为他带来乐趣。他常嬉笑着向我夸口，说大多数人在他看来胸前都开着一扇窗户，他还惯于随即说出我当时的所思所想，以此作为他那个断言直接而惊人的证据。这种时候他显得冷冷冰冰、高深莫测，两眼露出心不在焉的神情；而他那素来洪亮的男高音会提到最高音量，若不是他言辞的审慎和阐释之清晰，那声音听起来真像是在发火。看到他心绪这般变化，我常常会想到那门有关双重灵魂的古老哲学，并被自己幻想有一个双重的迪潘——有想象力的迪潘和有分析能力的迪潘——所逗乐。

别以为我刚才所说的是在讲什么天方夜谭，或是在写什么浪漫传奇。我笔下已经写出的这位法国人的言行，纯然是一种兴奋的才智或说一种病态的才智之结果。不过我最好举一个例子来说明他在那一时期的观察特点。

一天晚上我俩在王宫附近一条又长又脏的街上漫步。显然当时我俩都在思考问题，至少已有15分钟谁也没吭一声。突然，迪潘开口说了这句话：

“他是个非常矮小的家伙，这一点没错，他更适合去杂耍剧院。”

“那当然。”我随口应答，一开始并没有意识到迪潘所言与我心中所思完全不谋而合这一蹊跷之处（因为我当时正想得出神）。转眼工夫我回过神来，才不由得大吃一惊。

“迪潘，”我正颜道，“这真叫我难以理解。不瞒你说，我都被弄糊涂了，几乎不敢相信自己的感觉。你怎么可能知道我正……”我故意留下半句话，想弄清他是否真的知道我正在想谁。”

“……想到尚蒂耶，”他说，“干吗说半句话？你刚才正在想他矮小的个子不宜演悲剧。”

这正是我刚才心中所想到的问题。尚蒂耶原来是圣德尼街的一个修鞋匠，后来痴迷于舞台，曾在克雷比永的悲剧《泽尔士王》中试演泽尔士一角，结果一番苦心换来冷嘲热讽，弄得自己声名狼藉。

“看在上帝的分上，”我失声嚷道，“请告诉我诀窍（如果有诀窍的话），告诉我你能看透我心思的诀窍。”说实话，我当时竭力想掩饰自己的惊奇，可反倒比刚才更显诧异。

“诀窍就是那个卖水果的，”我朋友答道，“是他使你得出结论，认为那个修鞋匠个子太矮，不配演泽尔士王和诸如此类的角色。”

“卖水果的！你可真让我吃惊！我并不认识什么卖水果的。”

“就是我们走上这条街时与你相撞的那个人。这大约是 15 分钟之前的事。”

这下我记起来了，刚才我俩从 C 街拐上这条大街时，的确有个头上顶着一大筐苹果的水果贩子冷不防地差点儿把我撞倒。可我不能理解的是，这和尚蒂耶有什么关系。

迪潘脸上没有丝毫糊弄人的神情。“我给你解释一下，”他说，“听完解释你也许就完全清楚了。我们先来回顾一下你刚才的思路，从我开口说话追溯到那卖水果的与你相撞。这段时间你思维的主要环节是：尚蒂耶、猎户星座、尼科尔博士、伊壁鸠鲁、石头切割术、铺路石和那个卖水果的。”

很少有人在其一生中没有过这样的消遣，那就是回顾自己的思路是怎样一步步到达某个特殊的结论。这样的回顾往往非常有趣，而初次进行这种回顾的人常常会惊于发现自己最初的念头或思路的最后终点竟会相差十万八千里，完全风马牛不相及。所以，当听完迪潘那番话并不得不承认他所言句句是真时，我心中当然是万分惊讶。他继续道：

“如果我没记错，我们走出C街之前一直在谈马。那是我们刚才谈论的最后一个话题。当我们拐上这条街时，一位头顶大筐的水果贩子从我俩身边匆匆擦过，把你撞到了一堆因修人行道而堆起来的铺路石块上。你踩上了一块松动的石块，滑了一下，稍稍扭了脚脖子，你显得有点儿生气或是不高兴，嘴里嘀咕了几声，回头看了看那堆石块，然后不声不响地继续行走。我并非特意要留神你的举动，只是近来观察于我已成了一种必然。

“后来你两眼一直盯着地面，面带怒容地看那些坑洼和车辙（结果我看出你还在想那些石块），这样一直走到那条名叫拉马丁的小巷，就是那条正尝试用交搭铆接的砌石铺地面的小巷。这时你脸上露出了喜色，我还看见你嘴唇动了一动，我毫不怀疑你念叨的是‘石头切割术’，一个非常适用于那种铺砌法的术语。我知道你不可能在念叨‘石头切割术’这个词的时候不联想原子这个同根词，从而进一步想到伊壁鸠鲁的原子说；因为我俩不久前讨论过这个题目，当时我向你说起那个杰出的希腊人那些模糊的推测是多么奇妙但又多么不为人知地在后来的宇宙进化星云学说中得到了证实，我觉得你免不了会抬眼去望望猎户座中那团大星云，我当然料到你会那样做。你果然抬眼望了，这下我确信自己摸清了你的思路。而在昨天的《博物馆报》上发表的那篇针对尚蒂耶的讽刺长文中，那位挖苦修鞋匠一穿上厚底戏靴就改了名的讽刺家引用了一句我俩经常爱提到的拉丁诗句：

第一个字母已失去它原来的发音

“我曾告诉过你，这句诗说的是猎户星座，现在拼作 Orion，但从前拼作 Urion；由于我解释时也有几分挖苦，我想你对此不会轻易忘记。所以这非常清楚，你不会不把猎户星座和尚蒂耶这两个概念连在一起。从你嘴角掠过的那种微笑我看出你的确把它们合二为一。你想到那位怪可怜的鞋匠成了牺牲品。在此之前你一直弯着腰在走路，可那会儿我看见你挺直了腰板。这下我肯定你想到了尚蒂耶矮小的身材，于是我打断了你的思路,说他（那个尚蒂耶）是个非常矮小的家伙，他更适合去杂耍剧院。”

那件事发生不久后的一天，当我俩在读《法庭公报》的一份晚间版之时，下面一则短讯吸引了我们的注意力。

离奇血案：今晨3点左右，圣罗克区的居民被一阵可怕的尖叫声惊醒，声音明显是从莫格街一幢房子的四楼发出，人们知道那幢楼房里只住着一位姓莱斯巴拉叶的夫人和她的女儿卡米耶·莱斯巴拉叶小姐。邻人试图以正常途径进门未果，稍后用一撬棍撬开大门，八九位邻居在两警察陪同下入内。此时尖叫声已停，但当众人冲上一楼楼梯时，听出有两个或两个以上粗野的声音在争吵，争吵声似乎从楼上传出。当人们登上二楼时，那些声音也听不见了，这时整座楼房一片沉寂。人们分头匆匆搜寻一个个房间。当搜寻者进入四楼一个朝后的大套间时（该套间房门反锁，人们破门而入），室内的景象令每个人都又惊又怕。

房间里乱七八糟，家具全被砸碎，并被扔得满地都是。屋里只有一个床架，床垫早被拉开，抛在了屋子中央。一把椅子上搁着一把沾满血迹的剃刀。壁炉前的地板上有两三束又长又密的灰白头发，头发也沾满鲜血，仿佛是被连着头皮一起扯下的。人们在地上找到四枚金币、一只黄玉耳环、三把大银匙、三把小铜匙，另外还发现两只袋子，里面大约装有4000金法郎。屋角一个衣柜的抽屉全被拉开，虽说抽屉里仍有许多衣物，但显然已经遭到过搜劫。在床垫下（不是在床架下）发现一只小铁箱。铁箱开着,钥匙还插在箱盖上。箱里只有几封旧信和一些无关紧要的票据。

屋里不见莱斯巴拉叶夫人的踪迹；但壁炉里异乎寻常的大量烟灰使人们搜查了烟囱,（说来可怕！）从烟囱里拖出了卡米耶的尸体，她原来头朝下脚朝上地硬被人往那狭窄的烟道里塞上去一大截。尸体尚有体温。细看可见遍体擦伤，这无疑是被塞进和拉出烟道所致。死者面部有许多严重的抓伤，喉部有深紫色瘀痕并有深凹的指甲印，似乎受害人是被掐死的。

在对该楼各处的彻底搜寻均无进一步发现之后，搜寻者来到了屋后一个石块铺地的小院，院内躺着老夫人的尸体，她的喉部被完全割断，当搜寻者试图抬起尸体时，头与尸体分离。老夫人的身体和头部均血肉模糊，尤其是身体早已不成人形。

本报认为，这桩可怕的疑案目前尚无丝毫头绪。

第二天的报纸登载了如下详情。

莫格街悲剧。针对这个离奇而恐怖的事件(“事件”一词在法国尚不含我们已赋予该词的轻薄之义)，许多有关人士已被传讯，但传讯结果仍未使案情明朗。现将重要证词摘引如下。

波利娜·迪布尔，洗衣女工，证实她认识两名死者已有三年，其间一直为她们洗衣。那位老夫人和她女儿似乎相处和睦，非常相亲相爱。她们信用很好。说不出她们的生活方式或生活来源。认为莱斯巴拉叶夫人靠算命谋生。据说有储蓄。每次取衣送衣从不曾见过房子里有旁人。确信她们未雇有用人。除了四楼之外，其他各楼好像都没有家具。

皮埃尔·莫罗，烟草零售商，证实他将近四年来一直向莱斯巴拉叶夫人零售烟草和鼻烟。出生在该城区，并一直居于附近。死者母女俩住进那幢其尸体被发现的楼房已逾六年。此前房子被一名珠宝商租用，他曾把楼上的房间转租给三教九流。房子本是莱斯巴拉叶夫人的财产。她后来不满意房客如此糟蹋房屋，便不再出租，自己住了进去。老夫人很傻气。证人在六年中只见过她女儿五六次。母女俩过着一种离群索居的生活，传闻很有钱。听邻里说莱夫人算命，但不相信。从不见任何外人出入那幢房子，除了那母女俩，只有一个搬运工来过一两回，一名大夫去过七八次。

众证人，均为邻居，提供了同上相似的证词。都说不见有人常去那房子。莱夫人及其女儿是否有什么亲朋好友不得而知。房子正面的百叶窗很少打开。屋后的窗户则总是关着，除了四楼那个大套间。那房子是幢好房子，不算太旧。

伊西多尔·米塞，警察，证实他于当日凌晨3点左右应召到现场，发现有二三十人正在设法进入那幢楼房。最后终于用一把刺刀（不是用撬棍）撬开了大门。撬门并不太难，因为那是一道折门，或说双扇门，上下都没有加闩。楼上尖叫声直到撬门时还在继续，随后戛然而止。它们听起来像是某个人（或某些人）极度痛苦的惨叫，声音又响又长，不是又短又急。证人率众上楼。在一楼楼梯平台听到两个发怒的声音在大声争吵，一个声音粗哑，另一个非常尖厉，是一种非常奇怪的声音。粗哑声讲的是法语，能听出个别字眼。确信不是女人的声音。能听清的字眼是“该死”和“见鬼”。尖厉声讲的是一种外国话。不能肯定是男人还是女人的声音。不能分辨声音内容，但认为讲的是西班牙语。该证人对那个房间和死者尸体的描述与本报昨日描述相同。

亨利·迪瓦尔，邻居，职业为银匠，证实他是最先进屋者之一。总体上确证了米塞的证词。他们一进楼房就重新关闭了大门，以免围观者进入，因为虽是深更半夜，观者仍蜂拥而至。这名证人认为那个尖厉之声是一个意大利人的声音。认定讲的不是法语。不能肯定那是男人的声音。说不定是女人的声音。证人不谙意大利语。不能分辨词义，而是凭语调确信说话者乃意大利人。认识莱夫人及其女儿。曾与两名死者生前多次交谈。确信那个尖厉的声音不是受害的母女俩的声音。

奥登赫梅尔，饭店老板。该证人自愿提供证词。不会讲法语，通过译员接受讯问。阿姆斯特丹人。尖叫声传出时正经过那幢楼房。尖叫声持续了好几分钟，恐怕有10分钟。声音拖得很长而且大声，非常可怕，非常凄惨。是最先进楼的一员。除一点不同外，在其他各方面均确证了原有证词。确信那个尖厉之声是男人的声音，法国男人。不能辨别词义。声音很大而且急促，发音长短不均匀，说话时显然是又怒又怕。那声音刺耳，与其说是尖厉不如说是刺耳。不能称之为尖厉的声音。那个粗哑的声音不住地说“sacré”“diable”，还叫了一声“mon Dieu”[1]。

朱尔·米尼亚尔，银行家，在德洛兰街开有米尼亚尔父子银行。证人系老米尼亚尔。莱斯巴拉叶夫人有些财产。有年春天在他银行开了个账户（是八年前）。经常存入小笔款子。八年间从未取款，直到遇害前三

1 法语，意思分别为“该死”、“见鬼”和“我的天哪”。

天才亲自来银行提清全部存款，共计 4000 法郎。这笔钱付的是金币，由一名银行职员送去她家。

阿道夫·勒邦，米尼亚尔父子银行职员，证实那天中午时分由他提着分装成两袋的 4000 法郎陪送莱斯巴拉叶夫人回家。门开后莱斯巴拉叶小姐出来从他手中接过一只钱袋，而老夫人则接过了另一只。于是他鞠了一躬就告辞了。当时未见街上有旁人。那是条背街，很僻静。

威廉·伯德，裁缝，证实他为进入楼房的人之一。他是英国人。在巴黎已居住两年。最先冲上楼梯的就有他。听到了吵架的声音。粗哑的声音是一个法国人的声音。当时听懂一些字句，但现在全忘了。只记得清楚地听见“该死”和“我的天哪”。当时似乎有一种几个人搏斗的声音，一种厮打格斗的声音。那个尖厉声嗓门很大，比粗哑声更大。确信那声音不是英国人的声音。像是德国人的声音。很可能是女人的声音。证人不懂德语。

上述四名证人又经传讯，证实发现莱小姐尸体那个套间的门当时是反锁着的。他们到达门边时屋内静寂，没听见呻吟或其他任何声音。破门而入后未见任何人影。套间内外间的窗都关下并从里面牢牢闩上。两个房间之间那道门关着，但未上锁。外间通往走道的门锁着，钥匙挂在门内锁孔。四楼走道尽头临街一面的一个小房间开着，门是半开半掩。那里面堆满了旧床破箱和诸如此类的杂物。那些东西都经过仔细的搬动和搜查。整幢楼没有一个角落没被小心翼翼地搜过。所有烟囱上上下下也都扫过。那是一幢四层楼的房子，外加阁楼（屋顶室）。屋顶上一扇天窗被钉得很死，看上去多年未曾开过。从听到争吵声到撞开四楼套间门之间有多名证人说法不一。说短者是三分钟，说长者有五分钟。开房门花了不少工夫。

阿方索·加西奥，棺材店老板，证实他居住在莫格街。西班牙人。进入楼房的人之一。未上楼。胆小，怕吓出毛病。听到了吵架声。粗哑声是法国人的声音。未能听清说些什么。尖厉声是英国人的声音，确信这点。证人不懂英语，而是凭语调断定。

阿尔贝托·蒙塔尼，糖果店老板，证实他当时在最先上楼梯的人当中。听到了那两个声音。粗哑声是个法国人的声音。听清了几个字眼。说话人好像是在劝告什么人。未能听清尖厉声说些什么。说得急促而且音调起伏不匀。认为是一个俄国人的声音。大体上确证其他证词。证人是意大利人，从未与俄国人交谈过。

几名证人再经传讯，证实四楼各房间的烟囱都很窄小，人体不可能穿过。他们扫烟道用的是柱形扫帚，和扫烟囱人专用的扫帚一样，该楼每一个烟囱都用这种扫帚扫过。该楼房没有后楼梯，他们上楼时不可能有任何人下楼。莱斯巴拉叶小姐的尸体在烟囱里塞得太紧，以至于他们四五个人一齐用劲才拖下来。

保罗·迪马，医生，证实当天清晨被请去验尸。当时两具尸体都躺在发现莱斯巴拉叶小姐的那个房间里那个床架的麻布底垫上。那位年轻小姐遍体瘀痕和擦伤。她被塞进烟囱这一事实足以说明伤痕的原因。咽喉严重掐伤。颏下有几处深度抓伤，并有一串显然是指印的青黑色斑点。死者面部完全变色，眼珠突出。舌头被部分咬穿。胸部发现一大团瘀痕，显然是由膝盖压迫所致。依照迪马先生的看法，莱斯巴拉叶小姐是被一人或数人掐死。那位老夫人的尸体支离破碎。右腿和右臂的全部骨骼都或轻或重碎裂。左胫骨和左侧全部肋骨均粉碎性折断。整具尸体可怕地瘀血变色。很难解释这些伤害是如何造成的。除非有一臂力过人之壮汉双手挥动大木棒、粗铁棍，或抡起一把椅子或任何又大又沉的钝器，方能对人体造成如此伤害。女人使用任何凶器都不可能造成这种重伤。证人见到死者时，死者头部与身体已完全分离，头颅严重破损。咽喉显然是被某种利器割断，大概是一把剃刀。

亚历山大·艾蒂安，外科医生，和迪马先生一道被请去验尸。与迪马先生陈述相同，见解一样。

尽管还传讯了其他几名证人，但没有任何进一步的重要发现。一桩案情如此神秘莫测、扑朔迷离的谋杀案，在巴黎可谓史无前例，如果这真是一桩谋杀的话。面对这一异乎寻常的奇案，巴黎警方正不知所措，处境尴尬。然而，此案目前尚无任何明显的线索。

该报晚间版又发消息，说圣罗克区依然人心惶惶。那幢房子再次被仔细搜查，有关证人再次被警方传讯，结果仍属徒劳。然而消息后附加的短讯提到，阿道夫·勒邦已被逮捕入狱，不过除了报上已详载过的事实，并未有任何证据说明他有罪。

迪潘似乎对这一事件的进展特别感兴趣，至少我从他的神态中这么判断，因为他对此事一直未加评论。直到勒邦被捕的消息公布之后，他才问我对这桩凶杀的看法。

我只能附和整个巴黎的见解，认为这是一个不解之谜。我看不出有任何可能找到凶手的办法。

“我们绝不能凭调查的表象来判定方法。”迪潘说，“素来因聪明干练而被交口称誉的巴黎警察确是干练，但也仅仅是干练而已。除了目前所用的方法，他们在破案中毫无绝招。他们大肆炫耀有许多锦囊妙计，但常常用得驴唇不对马嘴，结果总使人想到儒尔丹先生要睡衣，以便更清楚地听音乐[1]。他们破案的成绩也常常令公众惊讶，但那多半都是单凭不辞劳瘁的苦干。而当单凭克尽厥职不奏效时，他们的方略也就宣告失败。譬如，维多克[2]是个推测的能手，也是个百折不挠的男人，但由于缺乏受过教育的头脑，所以不断地因过分的调查而一错再错。他看事物靠得太近，反而有损于他的想象力。他也许能把一两个方面看得特别清楚，但与此同时必然会忽略事物的全面。这样，事情在他看来就显得太深邃。真相并不总是在井里。其实对于越是重要的真知，我倒越认为它一定浅显易得。其深邃在于我们去寻它的那些幽谷，而不在它被找到的那些山顶。这种错误的模式和原因在对天体的注视中显得最为典型。侧目看星星，就是斜着眼看，即朝向星星的是视网膜的外侧（因为外侧对弱光比内侧更敏感），这时候最能够欣赏到星星的璀璨，一种我们正眼看它时会相应变暗的璀璨。正眼看星星时，大部分星光实际上仅仅是落在了眼睛上，可侧目看星星，则会有一种

1 语出莫里哀喜剧《贵人迷》第 1 幕第 2 场。儒尔丹是该剧主人公，是个一心要挤入贵族阶层的富商。

2 弗朗索瓦－欧仁·维多克（François-Eugène Vidocq，1775—1857），法国名探，曾为拿破仑组建国家警察总队，后来自己开办了一家私人侦探所。

更精确的领略。过分的深究会搅乱并削弱我们的思想；一种过于持久、过于专注、过于直接的凝视，甚至有可能使金星也从夜空黯然消失。

“至于那桩凶杀案，在我们形成看法之前先让我们自己来进行一番调查，一种能为我们提供消遣的调查，”（我认为消遣这个词用得很怪，但没吱声。）“再说，勒邦曾经帮过我一个忙，对此我不能忘恩负义。我们应该去亲眼看看那幢房子。我认识警察局长G，得到必要的允许不成问题。”

得到允许之后，我俩立即前往莫格街。那是里舍利厄街和圣罗克街之间的一条糟糕的街道。我们到达那里已是下午较晚的时候，因为那个区离我们住的区相隔很远。那幢房子很容易就被找到，因为在它的街对面还有许多人毫无目的却满心好奇地在凝望它那些紧闭的窗户。那是一幢普通的巴黎式楼房，有一个门道，门道一侧是一间装有玻璃的小屋，小屋窗上的一个滑动窗格说明那是间门房。进楼之前我们沿街而行，拐进一条小巷，然后再转弯经过房子的后面，在这期间，迪潘十分仔细地把那房子和四邻周围都查看了一遍，我看不出这番细查有什么目的。

我们原路折回，再次来到楼前，揿响了门铃，出示了证件，警方的守卫人员让我们进了房子。我们径直上楼，来到发现莱斯巴拉叶小姐尸体的那个套间，两名死者的尸体还放在那里。按常规做法，屋里仍保持着那副乱七八糟的模样。我看到的和《法庭公报》上所描述的没什么出入。迪潘仔细检查了每一样东西，连受害人的尸体也没漏掉。然后我们查看了其他房间，最后来到屋后那个小院，整个过程一直有一名警察陪着我们。我们查完现场离开时已经天黑。回家途中，我那位朋友进一家报馆耽误了片刻。

我已经说过我那位朋友突发的奇思异想真是层出不穷，对他那些怪念头 Je les ménageais[1]（我在英文中找不到合适的说法）。他回家后闭口不谈那桩凶杀案，这就是他的脾性。直到第二天中午他才突然问我，在凶杀现场是否观察到什么特别情况。

他对“特别”二字的强调中有某种意味，竟使我莫名其妙地猛然一抖。

“没有，没有什么特别的，”我说，“至少跟咱们从报上看到的情况差不多。”

“恐怕那份《法庭公报》还没有领略到这桩惨案中那种异乎寻常的恐怖性。”他应答说，“不过别去管那份报纸的无稽之谈。在我看来，这个谜之所以被认为

1　法语：我一向都很宽容。

无法解开，倒正是因为那本该使它被认为容易解开的理由，我指的是因为其特征所具有的超越常规的特性。警方感到尴尬，因为表面上毫无动机，不是说凶杀本身的动机，而是指杀人手段那么残忍的动机。他们还大惑不解，因为从表面上看来，楼上除了莱斯巴拉叶小姐再没发现旁人是个事实，凶手逃离现场必然被上楼者看见也是个事实，而这两个事实无论如何也不可能统一。那个房间被折腾得乱七八糟，姑娘的尸体被倒塞进烟囱，老夫人的尸首支离破碎，这一切加上我刚才提到的事实以及其他我无须提及的事实，已足以使警方夸耀的聪明无法施展，使他们那份干练不能奏效。他们已陷入那个严重但寻常的谬误，错把异常混同于深奥。可正是要凭着那些超越常规的异常，理性方能摸索出探明真相的途径，假若那途径果真存在的话。例如在我们眼下进行的调查中，该问的与其说是‘出了什么事’，不如说是‘出了什么从未出过的事’。实际上我将解开此谜或已经解开此谜的那种轻而易举，与警方眼中此谜显然不可解的看法刚好成正比。”

我盯着迪潘，暗自惊讶。

“我此刻正在等候，”他两眼望着房门继续说道，“我在等一个人，尽管此人也许并非本案的凶手，但他肯定与这场凶杀有几分牵连。他可能对这场残杀中最令人发指的那部分一无所知。我期待我的推测完全正确，因为我揭开整个谜底的希望就建立在这个推测上。我期待那个人来这儿，来这个房间，随时随刻。当然，他有可能不来，但他多半会来。若是他来了，就有必要把他稳住。这儿是手枪，如果必要的话，咱俩都知道如何使用。”

我取了手枪，几乎不知道自己在做什么，或是几乎不相信自己所听到的，而迪潘还在继续往下说，很像是在自言自语。我已经谈到过他在这种时候那副心不在焉的神态。他说话的对象是我，说话的声音也不大，但他所用的是那种通常跟老远的人说话时所用的高音调。他的眼睛只茫然地盯着墙壁。

他说："上楼的人所听到的争吵声不是那两个女人的声音，这一点已被证人充分证实。这就排除了我们对那位老夫人先杀死女儿，然后再自杀的怀疑。我提到这一点主要是为了探讨作案的手段，因为莱斯巴拉叶夫人的力气完全不可能把她女儿的尸体塞进烟囱并塞成其被发现时的那个样子，而她自己身上的那种伤势也完全排除了她自杀的可能。所以，凶杀是由第三者所为，而这个第三者的声音便是人们所听到的争吵声。现在让我来谈谈有关争吵声的证词，不是全部证词，而只谈证词中的特别之处。你注意到什么特别之处没有?”

我注意到虽然所有证人都一致认定那个粗哑声是一个法国人的声音，但说到那个尖厉声，或按其中一名证人的说法是刺耳声，他们的认定就莫衷一是。

“那本身就是证据，”迪潘说，“但并不是证据的特异之处。你还没有注意到奇特的地方，可这里有一点值得注意。如你所言，证人们对那个粗哑声意见相同，在这一点上他们众口一词。但说到那个尖厉声，特异之处不在于他们莫衷一是，而在于当一个意大利人、一个英国人、一个西班牙人、一个荷兰人和一个法国人试图形容那个声音时，每个人都说那是一个外国人的声音。每个人都确信那不是他一名同胞的声音。每个人都没有把那个声音比拟成他所熟悉的任何语言的声音，而是恰恰相反。那名法国警察认为那是一个西班牙人的声音，而‘要是他懂西班牙语就会分辨出几个字眼’。那个荷兰人确信那是一个法国人的声音，可我们发现证词说他‘不懂法语，通过译员接受讯问’。那个英国人认为那是一个德国人的声音，可他‘不懂德语’。那个西班牙人‘确信’那是一个英国人的声音，但他完全‘凭语调断定，因为他压根儿不懂英语’。那个意大利人认为那是一个俄国人的声音，但他‘从未与俄国人交谈过’。此外，另一个法国人与那位法国警察的说法不同，他肯定那是一个意大利人的声音，但他不谙意大利语，而是像那个西班牙人一样‘凭语调确信’。瞧，那个声音该有多么稀奇古怪，居然能诱出如此言人人殊的证词！连欧洲五大区域的人都没法从它的声调中听出点儿熟悉的东西！你可以说那也许是一个亚洲人或非洲人的声音。巴黎的亚洲人或非洲人都不多，但我们先不去否定这种推断，我现在只想要你注意三点。有一位证人说那声音‘与其说是尖厉不如说是刺耳’。有两名证人描述那声音‘急促而不均匀’。没有一个证人提到从那声音里听出了什么字眼，或者说像什么字眼的声音。

“到此为止，”迪潘继续说，“我不知道我刚才所言对你自己的理解有何影响，但我毫不犹豫地说，正是从证词的这一部分（关于粗哑声和尖厉声的部分）所做出的合理推断，其本身就足以引发一种怀疑，而这怀疑将指明进一步调查这桩疑案的方向。我说‘合理推断’，但这并没有充分表达我的意思。我想说的是，这种推断是唯一恰当的推断，而那种怀疑则是这推断必然引出的唯一结果。但那种怀疑是什么，我暂且不表。我只要你记住，在我自己看来，那种怀疑足以使人信服地使我在调查那个套间时有一个明确的方式，一个确定的倾向。

“现在让我们想象又回到了那个套间。我们首先该探寻什么呢？凶手逃离现场的途径。咱俩谁也不相信超自然的怪事，这样说一点也不过分。莱斯巴拉叶母女俩不会被幽灵杀害。凶手是有血有肉的，其逃离也是有形有迹的。那如何逃走的呢？幸运的是这问题只有一种推论方法，而这种方法必然把我们引向一个明确的结论。让我们来逐一审视凶手可能的逃路。非常清楚，人们上楼时凶手正在后来发现莱斯巴拉叶小姐的那个房间,或至少在那个套间里的另一个房间。所以，我们只需从这两个房间去寻找凶手的逃路。警方已经全面彻底地检查过那两个房间的地板、天花板和墙壁。没有什么秘密出口能逃过他们的检查。但我信不过他们的眼睛,自己又查了一遍。所以,绝对没有秘密出口。两个房间通往过道的门都锁得严严实实，钥匙都插在房内。我们再看那些烟囱，虽然壁炉上方的烟道口也有通常的八九英尺宽，但整个烟道连一只个头稍大一点儿的猫也钻不过去。这样，上面所说的地方都绝对不可能成为逃路，那我们就只好来看看窗户了。从前面那个房间的窗户逃走不可能不被街上的人看见。因此，凶手一定是从后面那个房间的窗户逃走的。现在，既然我们已经如此毫不含糊地得出了这个结论，那作为推论者，我们就不应该因为看上去不可能而对它予以否定。我们只能够去证明那些看上去的‘不可能’实际上并非不可能。

“那个房间有两扇窗户。其中一扇未被家具遮掩，整体均可看见。另一扇的下半部分被紧靠它的床架的一头挡住。前一扇窗户被发现从里边闩得牢牢实实，任何人使尽浑身力气也休想把它提起[1]。窗框的左沿钻有一个大孔，一颗粗实的长钉十分吻合地横插在孔内，孔外几乎只露出钉头。打量另一扇窗户。可见同样的一颗铁钉同样严丝合缝地横插于孔内，即便用力也同样提不起那扇窗户，这就使警察完全相信凶手不是从窗口逃走。所以，他们认为拔出插钉开一下窗户是多此一举。

“我的检查则多少更为挑剔，这挑剔的理由我刚才已谈过，因为我知道，那所有看上去的不可能必须被证明为实际上未必不可能。

“我开始沿着这思路琢磨，由果溯因。凶手准是从这两扇窗户中的一扇逃走的。因此，他们不可能从里边重新闩上窗框，像后来我们所发现的那样，由于这一事实显而易见，警方停止了往这方面继续追究。然而，窗框既然被闩上，那它们必有能闩上的动力。这个结

---

1 西方建筑的窗户一般为上下开闭。

论没有漏洞。于是我走到那个没被遮掩的窗口，稍稍用力拔出了插钉，然后试图推上窗框。不出我所料，我用尽力气也推不上。我这才知道窗户肯定暗装有一道弹簧。不管插钉的情况显得有多么神秘，但关窗自有动力这一想法的证实，至少使我确信我的前提是正确的。一番仔细的搜寻使我很快就找到了那个暗装的弹簧。我按了按弹簧并满足于这一发现，便忍住了没有去提起窗框。

“我重新插上钉子并仔细观察了一番。一个人出窗之后可以再把窗户关上，那弹簧也会自动碰上，不过这钉子不可能重新插好。这结论很清楚，我的侦查范围再次缩小了。凶手一定是从另一扇窗户逃走的。那么，假定两扇窗户的弹簧可能相同，那两扇窗户的插钉就一定有不同之处，至少在插法上有不同之处。我踏上那个床架的麻布底垫，仔细看了看第二扇窗户露在床头板上方的部分。我把手伸到床头板后面，很容易就发现并按动了弹簧，如我所料，那弹簧与前一扇窗户的弹簧完全相同。我再看插钉，它和另一颗一样粗实，其插法看上去也没什么不同，孔外几乎只露出钉头。

“你会说我这下迷惑了，可要是你这么认为，那你就肯定误解了归纳推理的性质。借用一个打猎术语，我从来没有‘失却嗅迹’。猎物的嗅迹片刻也没有丢失。

整根链子不少一个环节。我已经追到这个秘密的终点，这终点就是那颗插钉。我说它在各方面看上去都与另一颗插钉没什么不同，这是事实，但与线索就要在此终结这一重要性相比，这个事实绝对毫无意义（尽管它也许显得非常明确）。我说‘这颗插钉肯定不对劲儿’。我伸手一拔，那钉头连着一小截钉身随着我的手指出了钻孔，而另一截钉身却仍在孔内，原来这颗钉断成了两截。断口是旧的（因为表面已经生锈），断开显然是由一柄榔头的一击造成的，那一击也把钉头部分嵌在了底窗窗框上。于是我小心地把钉头重新插入我刚才抽出的孔内，它看上去又像一颗完好的钉子，看不出裂缝。我按了一下弹簧，轻轻把窗往上提开几寸，钉头随着窗框上升，同时仍牢牢地嵌在孔内。我放下窗户，那颗钉又显得完好无损。

“到此为止，这个谜总算解开了，凶手是从床头那扇窗户逃走的。窗户在凶手逃出后自动落下（或许是凶手故意关上），并由那道弹簧牢牢固定；窗户推不上去是因为那道弹簧，警察却误以为是因为那颗插钉，于是认为没必要进一步探究。

“接下来是凶手如何下楼的问题。对这个问题，我在和你一道绕那幢房子转悠时就已经心中有数。离我们所说的那扇窗户大约 5 英尺半的地方竖着一根避雷针。任何人从这根避雷针都不可能够着窗口，更不用说进入窗口。但我注意到四楼的百叶窗式样特别，是那种巴黎木匠所谓的‘火印窗’。这种式样现在很少采用，却常见于里昂和波尔多的一些老式建筑。这种窗样子像普通的门（单门，而不是双扇门），只是窗的上半部被做成或铸成花格式样，这就可以被人当作绝妙的把手。我们所谈论的那些百叶窗宽度足有3英尺半。当我们从屋后望去时，它们正半开着，这就是说，它们与墙面恰好成直角。除我之外，警方可能也查看过房子的背面，若是这样，那他们在看那些宽宽的火印窗时（他们肯定会看），没有注意到我说的那个宽度，或者无论如何也没有把它作为应当考虑的因素。事实上，由于他们已先入为主地认为那窗口不可能成为凶手的逃路，他们的查看自然而然就非常草率了。然而，在我看来却非常清楚，床头那扇窗户的百叶窗如果打开到足以与墙面成直角的程度，那它离那根避雷针的距离尚不足两英尺。还有一点也非常清楚，凭着异常的矫捷和足够的勇气，从避雷针进入那个窗口是可以办到的。要越过那两英尺半的空中距离（我们现在假定那扇百叶窗是完全敞开），盗贼可以用一只手先紧紧抓住窗上花格，然后松开抓避雷针的另一只手，再用脚稳稳地顶住墙，大着胆子用力一蹬，这样他可以使那扇百叶窗转动并关上，如果我们假定当时内窗也开着，那他甚至可以顺势跳进房间。

“希望你特别记住，我刚才说要完成那么危险而困难的一跳需要异常的矫捷。我的意图是想让你明白，第一，从窗口进入房间也许是可能的；第二，但这是主要的，我希望你能牢记并领悟那个异乎寻常，那种能够完成这一动作的几乎不可思议的敏捷。

“毫无疑问，你会用法律语言说，‘为了证明我的案例’，我应该宁可低估凶手的能力，也不该充分强调他所需要的敏捷。这在法律上是惯例，但不是推理的习惯。我的最终目标只是弄清真相。我的直接目的则是要你把下列事实并列起来：我刚才所说的异乎寻常的敏捷，那个特别尖厉（或刺耳）而且不均匀的声音，关于那声音的国籍众证人莫衷一是，从那个声音中辨不出一个音节。”

迪潘最后这段话使我脑子里倏地掠过一个模糊的概念，我好像隐隐约约明白了他的意思。我似乎差一点就要恍然大悟，但最终还是无力完全理解，就像人们有时觉得自己马上就会回忆起某事，可结果还是未能记起来。我的朋友继续他的推理。

“你一定注意到了，”他说，“我已经把话题从逃出去的方式转移到了溜进去的方法。我这是故意向你暗示，进出都是以同一方式，在同一地方。现在让我们来看看室内。让我们来看看房间里的情况。报上说那个衣柜的抽屉遭过搜劫，尽管许多衣物还留在里边。这是一个悖理的结论。它只是一种猜测，一种非常愚蠢的猜测，仅此而已。我们怎么会知道抽屉里发现的衣物不是抽屉里本来装的全部东西呢？莱斯巴拉叶夫人和她的女儿过着一种离群索居的生活，不会见客人，很少外出，用不着许多衣装。抽屉里的那些衣装至少像是那母女俩所有的最好的衣装。如果盗贼偷了衣服，那他干吗不偷最好的？干吗不全都偷走？简而言之，他干吗对 4000 金法郎弃之不顾，却劳神费力去偷一堆衣裳？金币被弃之不顾。银行家米尼亚尔先生所提到的那笔钱几乎是原封不动地被发现在地板上的那两个钱袋里。所以，我希望你从你的思维中排除动机这个错误的概念，即警方根据证词中送钱上门那一部分所产生的关于动机的概念（送钱上门，收款人在收到钱三天内被谋杀），生活中比这蹊跷十倍的巧合随时都在悄悄地发生在我们每一个人的头上。一般说来，巧合是那种受过教育却不懂概率论的思维者思路上的障碍。而多亏有了概率论，人类对一些最辉煌的目标之探究才获得了最辉煌的例证。就眼下这个实例而言，假如金币丢了，那三天前送去金币之事实就不仅仅是一个巧合。它就可以用来证实我们所说的动机。但是，面对这个实例的真实情况，如果我们还认为金币是杀人动机，那我们也必须想象凶手是一个踌躇不定的白痴，他居然把他的金币连同动机一并抛弃。

“现在请牢牢记住我提醒你注意的几点：那个奇怪的声音，那种异常的矫捷，还有就是那么格外残忍的凶杀却令人吃惊地没有动机。现在就让我们来看看这残杀本身。一个女人被一双手掐死，然后头下脚上地被塞进烟囱。一般的凶手不采用这种手段杀人，尤其是不会这样处理尸体。单凭尸体被向上塞进烟囱的做法，你就得承认这里边有超越常轨的蹊跷。即便我们把凶手视为一名最卑劣的歹徒，其做法也超越了我们对人类行为的一般概念。再想想，把尸体往一个狭窄的烟道里向上塞那么紧，以至于几个人合力才勉强拖下，这需要多大的力量才能做到！

“且让我们来看看那股最不可思议的力量的其他迹象。壁炉前的地板上有两三束（密密的两三束）灰白头发。头发是被连着头皮一块儿扯下的。你知道要从头上连根拔掉二三十根头发也得费很大的劲儿。你和我都亲眼见到了那几束头发。它们的发根（惨不忍睹！）还粘着头皮上的碎肉片，由此可见那股劲儿有多大，说不定能一次扯掉 50 万根头发。那位老夫人不仅仅是咽喉被割断，而是整个头部与身体分离：凶器却不过是把剃刀。我希望你也注意到这暴行中残酷的兽性。至于莱斯巴拉叶夫人身上的瘀伤，我就不多说了。迪马先生和他那位可敬的助手艾蒂安先生已经宣布那些伤是由某种钝器造成，而在这一点上那两位先生完全正确。钝器显然就是铺在后院的那些石块，死者正是从床头那扇窗户被扔下后院的。不管这一点现在看来有多简单，但警方却像忽略百叶窗宽度那样把它给忽略了，因为他们的思路已被那两颗插钉牢牢钉死，认为窗户绝不会有打开过的可能性。

"除了以上所说的情况，如果你现在又适当地想到了那个房间的异常凌乱，那我们就已经可以把下列概念串起来了：惊人的矫捷，超人的力量，残酷的兽性，毫无动机的残杀，绝对不符合人性的恐怖手段，再加上一个分不清音节、辨不出意义、在几个国家的人听来都像是外国话的声音。这下产生了什么结论呢？我的话对你的想象力产生了什么作用呢？"

迪潘问我这个问题时，我感到一阵毛骨悚然。"一个疯子，"我说，"是一个疯子干的，一个从附近疗养院逃出来的发了狂的疯子。"

"从某些方面来看，"他答道，"你的猜测也不无道理。但疯子即便在最疯狂的时候，其声音也和人们上楼时所听到的那种声音不相符。疯人也有国籍，不管他们的言辞多么不连贯,但通常都有连贯的音节。再说,疯子的毛发也不像我现在手中的这种。这一小撮毛发是我从莱斯巴拉叶夫人捏紧的手指间发现的。告诉我你对此如何理解。”

“迪潘！”我大惊失色地说，“这种毛发太少见。这不是人的毛发。”

“我也没说它是,”他说，“不过在我们确认它是什么之前，我希望你看看我描出的这幅草图。这幅草图摹画的就是证词中有一部分所说的‘深紫色瘀痕和深凹的指甲印’，也就是（迪马先生和艾蒂安先生在证词）另一部分所说的‘一串显然是指印的青黑色斑点’。

“你会发现,”我的朋友一边说一边把那幅草图摊在我们面前的桌子上，“这幅草图说明那双手掐得多么牢实。没有一点滑动过的痕迹。每个指头都一直（可能一直到受害者死亡）保持在它最初嵌进肉里的位置。现在你来试试把你的手指同时摁在你所见的这些指印上。”

我试了试，可我的指头却对不上那些指印。

“我们这样试验也许不公平,”他说，“这张纸被摊成了平面，但人的脖子是柱形。这儿有根木柴，跟人脖子差不多粗细。把草图包在上面，再试试。”

我又试了试，可这次甚至比刚才更显困难。“这，”我说，“这不是人的手印。”

“那现在就来读读居维叶[1]教授的这段文章吧。”迪潘答道。

那是一段从一般习性和解剖学上对东印度群岛的褐色大猩猩的详细描述。那种哺乳动物以其巨大的体格、惊人的力量、非凡的灵敏、异常的凶残和爱模仿的嗜好而为世人所知。我突然间明白了那桩凶杀的恐怖所在。

我读完那段文章后说：“这里对足趾的描述与这张草图完全吻合。我看除了这儿提到的那种大猩猩，再没有什么动物的趾印能合上你画下的指印。这撮深褐色毛发也与居维叶描述的那种动物的毛发相同。但是，我仍然不能理解这可怕之谜的一些细节。另外，证人们所听见的争吵声是两个，而其中一个被无可非议地确认为是一个法国人的声音。”

“不错，那你一定记得证人们几乎异口同声地说那声音里有句话是‘我的天哪！’，证人之一（糖果店老板蒙塔尼）已经正确地认为那句话在当时的情况下好像是一种劝告或告诫。所以，我已经把解开此谜的希

---

1 居维叶（Georges Guvier，1769—1832），法国动物学家，著有《动物界》等书。

望主要寄托在了这句话上。一个法国人知晓这一惨案。可能（实际上远远不止可能）他在这场血腥的残杀中是无罪的。那只猩猩说不定就是从他那里逃出。他说不定一直追到了那个房间窗下，但由于随后发生的使人不安的事情，他绝不可能重新捕获那只猩猩。猩猩现在还逍遥自在。这不能再猜下去了（除了猜测我现在还没权利用别的名称），因为我这些想法所依据的思考几乎尚未深刻到可以由我自己的理智做出估价的程度，因为我还不能自称可以让别人了解我的想法。所以我们就把这些想法称作猜测，把它们作为猜测来谈论。假若那个法国人真像我所猜测的在那桩暴行中无罪的话，那我昨晚在回家路上去《世界报》报馆登的这则启事就会把他引到我们这儿来（那是一份航运界的报纸，很受水手们欢迎）。”

他递给我一张报纸，我读到了这则启事：

招领——某日清晨（即凶杀案当日清晨）在布洛涅树林捕获一体大、褐色婆罗洲猩猩。失主（据悉为一艘马尔他商船上的水手）一经验证无误并偿付少量捕获及留养费用，即可将其领回。认领处为圣热尔曼区 × 街 × 号，请上四楼。

“你怎么可能知道那人是一名水手，”我问，“而且属于一条马尔他商船？”

“我并不知道，”迪潘说，“我并不肯定。不过这儿有一小根缎带，从这式样和油腻腻的样子来看，它显然是喜欢蓄长辫的水手们系头发用的。况且这个结除了水手，尤其是马尔他船上的水手，很少有人会打。我是在那根避雷针杆脚下拾到这缎带的。它不可能属于那两个被害人。说到底，即便我凭这根缎带就认定那个法国人是一条马尔他商船上的水手这一推断错了，这对我在报上登的那则启事也仍然没有妨害。如果我真错了，他也只会认为我是被某种表象迷惑，绝不会费神来追究。但假若我对了，我的目的也就达到了。那法国人虽知自己在那桩凶杀中是无罪的，但他仍会自然而然地犹豫是否回应那则启事，是否认领那只猩猩。他会这样来说服自己：‘我是无辜的。我穷，我的猩猩值一大笔钱，对我这种处境的人来说算得上是一笔财产。我干吗要因为毫无根据的危险而失去它呢？它就在这儿，伸手可及。它是在布洛涅树林被人发现的，那地方远离凶杀现场。人们怎么能怀疑那桩凶杀是一头畜生所为呢？警察对此案茫然无知，他们迄今尚未找到一丝线索。就算他们查出了那头畜生，也不可能证明我知道那场凶杀，或是因为我知情就定我有罪。

最重要的是，我已被人知道。刊登启事那人就认定我是那头畜生的主人。我不清楚他对我到底知道多少。如果我不去认领那份已经知道是属于我而且又值一大笔钱的财产，我至少会使那畜生容易遭人怀疑。我现在既不能让人注意到我，也不能让人注意到那头畜生。我要去应那则启事，认领回那只猩猩，然后把它关起来直到事情过去。'"

这时我们听见楼梯上响起了脚步声。

"准备好手枪，"迪潘吩咐道，"但没有我的信号不要开枪，也别把枪亮出来。"

房子的大门一直开着，来人没按门铃就进到屋里，然后往楼梯上走了几步。然而，他这时似乎又犹豫起来。接着我们听见他下楼的声音。迪潘正飞快地冲向房间门边，此时我们又听见他朝楼上走来。这一次他没有打退堂鼓，而是毅然决然地上了楼，敲响了我们的房门。

"请进！"迪潘的声音里透出高兴和热情。

进来的是个男人。他显然是名水手，高大，魁梧，健壮，一副天不怕地不怕的样子，并不招人讨厌。他那张被太阳晒黑的脸有一大半被浓密的胡须遮住。他手里拎着根粗实的橡木棍，但除此之外好像没带别的武器。他局促地鞠了一躬，用法语问我们"晚上好"，他的法语虽略带几分讷沙泰勒[1]口音，但仍然足以听出他原籍是巴黎。

“请坐，朋友，”迪潘说，“我想你是为那只猩猩来的。说实话，我真有点羡慕你有这只猩猩，一个非常漂亮的家伙，肯定也非常值钱。你看它有几岁了？”

水手长长地松了口气，露出一种如释重负的神情，然后放心大胆地回答：

“我也说不清楚，但它至多4岁或5岁。你们把它关在这儿吗？”

“哦，不。我们这儿没有关猩猩的设备。它这会儿在迪布尔街一家马车行的马厩里，就在附近。你明天一早就能把它领走。你当然是打算领它回去？”

“的确如此，先生。”

“让它走我还真有点儿舍不得。”迪潘说。

“我并不想让你白辛苦一场，先生，”水手说，“我也不能那么奢望。我是诚心诚意要付一笔酬金以感谢你替我找到那家伙。这么说吧，只要合情合理，你要什么都行。”

“那好，”我朋友答道，“这当然非常公平。让我想想！我该要什么呢？哦！我会告诉你。我要的报酬是这个。

1　讷沙泰勒，法国北部一小城，在鲁昂以北50公里处。

我只要你尽可能地告诉我莫格街凶杀案的全部经过。”

迪潘说最后一句话时声音很低，很平静。他也以同样的平静走到门边，锁上房门，把钥匙放进衣袋。然后他从怀里掏出手枪，不慌不忙地放在桌上。

那位水手的脸骤然间涨得通红，好像是憋得透不过气来。他惊得一跃而起，双手紧握木棍；但很快他又颓丧地坐下，浑身发抖，面如死灰。看他一声不吭坐在那儿，我对他不由得生出恻隐之心。

“我的朋友，”这时迪潘用温和的口气说，“你不用害怕，实在不用害怕。我们丝毫没有伤害你的意思。我用一名绅士和法国人的名誉向你担保，我们并不想伤害你。我清楚地知道在莫格街惨案中你是无罪的。但也不可否认你与此案多少有些牵连。从我所说的你肯定已经明白，对此案的真相我早已有了了解的渠道，你做梦也不可能想到的渠道。事情就是这样。你没有犯任何你能避免的错，你当然也就无可指责。虽然你当时尽可神不知鬼不觉地盗走那些金币，可你甚至分文未取。你没有什么值得隐瞒。你也没有理由隐瞒什么。反之，你在道义上有责任把你所知道的和盘托出。一个无辜的人现在因被控犯有那桩谋杀罪而遭关押，只有你才能说清那桩凶杀的真正凶手。”

那水手听完迪潘这番话，在很大程度上定下神来，只是不再像刚才那样放心大胆。

“老天做证，”他略为踌躇了一下说，“我一定把我所知道的全都告诉你们，不过我并不指望你们能完全相信我的话。如果我那么指望，那我一定是个大傻瓜。但我是无罪的，我即便为此而送命也要说出全部真相。”

他的叙述大致如下。他不久前曾航行到东印度群岛。包括他在内的一伙人在婆罗洲登陆，远足到密林深处游览。他与一个伙伴共同捕获了那只猩猩。伙伴死了，猩猩就归他一人所有。返航途中那猩猩难以驯服的野性使他费了不少周折，但他终于成功地把那家伙带到了巴黎，安全地关进了自己家里，为了不招惹邻居们讨厌的好奇心，他一直小心翼翼地没让猩猩露过面，想等到猩猩脚上一处在甲板上被碎片扎破的伤口愈合后再做打算。他的最终目的是要卖掉猩猩。

就在血案发生的那天晚上，准确地说是那天清晨，当与一些水手玩了一通后回家时，他发现那畜生已闯出了与他卧室相邻的小房间，正待在他的卧室里，在此之前那家伙一直如他想象的那样十分安全地被关在那个小房间里。那猩猩拿着一把剃刀，满脸肥皂泡，正坐在一面镜子前试着要刮脸，毫无疑问它曾从小房间的钥匙孔里窥视过主人刮脸的动作。看见那么凶猛的动物拿着那么危险的武器并且能那么熟练地使用，他一时间吓得不知如何是好。不过他已经习惯于用鞭子驯服那畜生，即便在它兽性大发的时候，于是他又取出鞭子。那猩猩一见鞭子便猛然跳出卧室，冲下楼梯，从一扇偏巧开着的窗户蹿到了街上。

这名法国水手绝望地紧追不舍；那只还握着剃刀的猩猩不时停下来回头看看，朝着追赶它的主人手舞足蹈，待主人快追上时，它掉头又跑。他们就这样追追停停持续了好一阵。当时大街上阒无一人，因为时间已将近凌晨3点。当那只猩猩顺着莫格街后面的一条小巷逃窜时，从莱斯巴拉叶夫人家四楼卧室开着的窗户射出的灯光吸引了它的注意力。冲到那幢房子背后，它看见了那根避雷针，于是异常敏捷地顺杆而上，抓住了当时完全敞开的百叶窗，凭借百叶窗的旋转，趁势跃上了窗边的床头。这整个过程前后还不到一分钟。猩猩跃进房间时，又顺势把百叶窗给踢开了。

当时那名水手是又高兴又担心。高兴的是他这下很有希望抓住那只猩猩，因为它除了原路退回，几乎不可能逃出它自己钻进的那个陷坑，而它再顺着避雷针杆下来则会被截获。担心的是那家伙很有可能在那个房间里胡作非为。这种担心促使那水手一直追到楼下。爬上一根避雷针杆本来不难，对一名水手来说更是轻而易举，但当他爬到与那窗户一般高时，才发现窗户还隔着老远，他根本跃不过那段距离，他所能做的就是尽量探出身子去看一看房间里的情形。这一看差点儿没吓得他从避雷针杆上摔下来。就是在那个时候，可怕的尖叫声划破了黑夜，把莫格街的居民从睡梦中惊醒。身着睡衣的莱斯巴拉叶夫人和她的女儿当时显然正在整理上文提到过的那个铁箱里的票据，铁箱当时被推到了房间中央，打开着，里面的东西全摊在地板上。被害人肯定是背朝着那扇窗户而坐，从那只猩猩进入房间到屋里传出尖叫声之间这段时间来看，母女俩当时大概并没有立即发现猩猩，她们自然而然地以为百叶窗的响动是由于风吹的缘故。

当水手朝里看时，那只猩猩已抓住莱斯巴拉叶夫人的头发（头发披散着，因为她刚梳过头），正模仿着刮脸的动作，在她脸前挥舞着那把剃刀。莱斯巴拉叶小姐躺在地板上一动不动，早已吓昏过去。老夫人的尖叫和挣扎（其间她的头发被扯下）使也许本无恶意的猩猩勃然大怒。它有力的臂膀使劲一挥，差点儿完全割下她的脑袋。喉腔喷出的鲜血使猩猩的大怒变成了疯狂。它龇牙咧嘴，眼冒凶光，扑到那位姑娘的身上，用可怕的双爪掐住她的脖子，直到那姑娘窒息而死。这时它疯狂而错乱的目光扫向床头，认出了它主人那张几乎吓变形的脸。毫无疑问它还记得鞭子可怕的滋味，它的疯狂顿时变为恐惧。自知难逃鞭子的惩罚，它似乎想掩盖它血腥的罪行，紧张不安地在屋里跳来窜去；这下房间被弄得乱七八糟，家具被摔得七零八落，床垫也被拖离了床架。最后它先抓起那姑娘的尸体，塞进了后来发现尸体的壁炉烟囱；然后抓起老夫人的尸体，从那个窗口一头扔了下去。

就在猩猩拖着那具支离破碎的尸体走向窗口时，那水手吓得缩回身子，连爬带滑下到底，一溜烟跑回了家。生怕被那桩血案牵连，他也就心安理得地不再关心那只猩猩的下落。证人们在楼梯上听见的只言片语就是那个法国人惊吓时发出的声音，其间混杂着那只猩猩凶猛的叫声。

我几乎没有什么可补充的了。那只猩猩肯定是在人们破门而入之前又利用那根避雷针逃出了房间。它肯定是在逃出时又把窗户给关上了。它的主人后来把它重新捕获，以一个很高的价钱卖给了巴黎植物园[1]。在我们去那位警察局长的办公室讲述了事情真相（加上迪潘的一些评注）之后，勒邦随即获得了释放。不管那位局长对迪潘多么有好感，他也未能完全掩饰住情

---

1 巴黎植物园（Jardin des Plantes）的前身是17世纪路易十三王朝时代开辟的“皇家草药园”，1794年植物园中又附设了一个小型的动物园，饲养着不少珍稀的动物，但人们仍习惯将包括动物园的该园称为巴黎植物园，如奥地利诗人里尔克的名诗《豹——在巴黎植物园》。

况的急转直下使他产生的懊恼，忍不住冷嘲热讽了两句，说什么任何人都搅和进他的公务不太恰当。

“让他说去吧，”迪潘说，认为没有必要搭理，“让他发发议论，这样他心里会好受些。我在他的城堡里赢了他，这我就满足了。但话说回来，他未能解开这个谜一点也不奇怪，绝非他所想象的不可思议，因为我们这个当局长的朋友其实多少有点狡诈过分而造诣不足。他的智慧之花没有雄蕊。就像拉威耳娜[1]女神像有头无身，或至多像一条鳕鱼只有头和肩膀。不过他毕竟是个不错的家伙。我尤其喜欢他的能言善辩，他正是凭这点赢得了足智多谋的名声。我说的是他那种否认实事、强词夺理的本领。”

1　拉威耳娜（Laverna），罗马的赢利女神，也被认为是窃贼的庇护神。

玛丽·罗热疑案[1]

想象中的一些事件往往与真实事件并行。它们很少重合。人与环境总是去改动想象中的事件，这就使其看上去并不完美，因而导致的结果也同样不完美。宗教改革即如此，想的是新教，来的却是路德宗。

——诺瓦利斯[2]《道德论》

1 《玛丽·罗热疑案》最初发表时，作者认为不需要现在所增补的这些脚注，但本故事所依据的那场悲剧已过去多年，所以作者认为最好还是加上这些脚注，并对故事的总体构思做一简单介绍。几年前，一位名叫玛丽·塞西莉娅·罗杰斯的年轻姑娘在纽约市郊被杀害，尽管她的惨死在当时引起了强烈而长久的轰动，但直到本故事写成并发表之时（1842 年 11 月），她的死因仍未查明。在本故事中，作者在假托叙述巴黎一女店员之死时虽然只参考了真实的玛丽·罗杰斯谋杀案中那些无关紧要的事实，但作者在每一细节上都一直追随着该案的本质。因此，根据这篇小说得出的全部论据都适用于那个真实的案件，而对该案真相之探究乃本文之目的。

《玛丽·罗热疑案》是在远离上述惨案现场的地方写成的，除了报纸所提供的事实，作者对该案未进行过其他形式的调查。因此，作者错过了许多如果他当时在那里并勘查过现场便可加以利用的材料。然而，记录下下面这个事实也许仍不算冒昧：两名证人（其中之一即这篇小说中的德吕克太太）于这篇小说发表很久以后，在不同时间所提供的证词都不仅充分证实了这篇小说的推论，而且还完全证实了这一推论所依据的全部假设的主要细节。——原注

2 诺瓦利斯（Novalis，1772—1801），真名冯·哈登贝格（Friedrich Leopold von Hardenberg），德国早期浪漫派诗人及散文家，力图把哲学、科学和诗歌结合起来，用隐喻解释世界。

即使在最冷静的思索者当中，也很少有人未曾偶然遇到过这样的经历，那就是，因为惊于某些表面上看来是那么不可思议以至于理智没法将其视为纯属巧合的巧合，从而陷入一种朦朦胧胧但又毛骨悚然的对超自然现象的半信半疑。这种心情（因为我所说的这种半信半疑绝不会具有充分的思维能力）很难被彻底抑制，除非借助于机缘学说，或按其专门术语的说法，借助于概率计算法。由于这种计算法本质上纯然是数学的，因此，就让我们破例把科学之严谨精密运用于推测中最扑朔迷离的捕风捉影。

以时间先后而论，人们会发现，我现在应约公之于众的这些离奇的细节将构成一系列几乎不可理解的巧合之主脉，这些巧合的支脉或尾脉将被读者在最近发生于纽约的玛丽·塞西莉娅·罗杰斯谋杀案中看出。

大约一年前，当我在一篇名为《莫格街凶杀案》的小说中尽力描述我的朋友 C. 奥古斯特·迪潘爵士心智上一些非常惊人的特性时，我压根儿没想到我今天会旧话重提。描述那种性格是我动笔的初衷，而这一初衷已通过我所举出的那些能证明迪潘特有癖好的事例而得以实现。我本可以举出其他一些事例，但我没必要进一步证明。然而，惊于最近某些事情出人意料之进展，我便进一步写出了这些细节，这也许会使我的叙述含有一种逼供的意味。但既然已听说了最近发生的一切，我若对多年前的所见所闻还保持沉默，那倒真是咄咄怪事。

莱斯巴拉叶母女俩惨死的案件一了结，迪潘爵士马上就不再去想那事。他故态复萌，又重新沉醉于喜怒无常的冥思苦索。总爱出神发呆的我欣然与他的脾性保持了一致。我们继续住在圣热尔曼区的寓所，把未来抛在九霄云外，平静地蛰伏于现实之中，将身边沉闷的世界编织进我们的梦幻。

但这些梦幻并非全然不被惊扰。不难想象，我朋友在侦破莫格街一案时所扮演的角色并不是没在巴黎警方的心目中留下难以磨灭的印象。迪潘这个名字在巴黎警界早已是无人不知，无人不晓。除我之外，迪潘从来没向任何人解释过他解谜所用的那种简单的归纳推理法，甚至包括那位警察局长，所以，他破案之事几乎被人视为奇迹也就不足为奇，而他的分析能力为他赢得直觉敏锐的声誉也不足为怪。其实他的坦率本可以纠正好奇者的这种偏见，但他的惰性使他不愿去谈论一件他早已不再感兴趣的事。就这样，他发现自己成了警方眼中的要人，巴黎警察局想请他协助侦破的案子也着实不少。其中最引人注目的一件就是一位名叫玛丽·罗热的年轻姑娘被谋杀的案子。

这件事大约发生在莫格街惨案两年之后。玛丽是寡妇埃丝苔尔·罗热的独生女儿，她的教名和家姓都与那位不幸的"卖雪茄的姑娘"之姓名相仿[1]，读者一看便会引起注意。玛丽自幼丧父，从那之后，直到本文所讲述的凶杀案发生之前18个月内，她一直随母亲住在圣安德烈街[2]，罗热太太在那儿经营一个膳宿公寓，由玛丽帮着照料。母女俩就这样过着日子，直到玛丽22岁那年，她迷人的美貌引起了一位香料商的注意。那位叫勒布朗[3]的香料商在罗亚尔宫的底层开有一家商店，其顾客多半是出没于那一带的流氓恶棍。勒布朗先生意识到，雇漂亮的玛丽来照料那个商店将使他有利可图，而他慷慨的提议被那位姑娘迫不及待地接受，尽管罗热太太多少有几分犹豫。

香料商果然如愿以偿，女店员的活泼与魅力很快就使那家香料店为众人所知。玛丽在那家商店干了大约一年，有一天突然从店中消失，害得她那帮倾慕者一个个心慌意乱。勒布朗先生说不出她的去向，罗热

---

1 "卖雪茄的姑娘"即上文提及的纽约姑娘玛丽·塞西莉娅·罗杰斯，其英文教名和姓氏 Mary Rogers 与巴黎少女玛丽·罗热的法文姓名 Marie Rogêt 相仿。

2 拿骚街。——原注(【译者按】此类脚注为玛丽·罗杰斯案中对应的地名、人名等。)

3 安德森。——原注

太太又急又怕。报纸很快就抓住了这个题目，警方正准备进行认真调查，可在过了一星期之后的一天早晨，玛丽又出现在那家香料店她通常站的柜台后面。她平安无恙，只是隐隐约约显出一种悲哀的神情。除了私人问候之外，所有的询问都理所当然地是自讨没趣。勒布朗先生仍然宣称对情况一无所知。玛丽母女俩对所有探问都一概答称上星期她是在乡下一位亲戚家里度过的。事情就这样烟消云散，渐渐被人们所淡忘。至于那位姑娘，她借口要摆脱人们的好奇心对她的冒犯，事过不久就辞掉了香料店那份工作，回到圣安德烈街她母亲家里躲了起来。

大约在她辞职回家三年之后，她的朋友们惊恐地发现她突然第二次失踪。三天过去，毫无她的音信。到第四天，有人发现她的尸体漂浮在塞纳河[1]上，就在圣安德烈区对岸离鲁尔门[2]那片僻静地区不太远的河边。

凶杀之惨无人道（因为一看就知道是凶杀）、死者之年轻漂亮，尤其是她生前风流的名声，使得敏感的巴黎人对这一事件大为关注。我记不得还有什么同类事件引起过那么普遍而且那么强烈的轰动。一连几个

1　哈得孙河。——原注

2　哈得孙河对岸新泽西州的威豪肯区。——原注

星期，人们只谈论这一撩拨人心的话题，连当时重大的政治问题都被抛到了一边。警察局长非常难得地不遗余力，巴黎的警力当然也就全部派上了用场。

尸体刚被发现时，人们猜测凶手将很快落入法网，因为警方马上就雷厉风行地开始了调查。直到一个星期之后，警方才认为有必要悬赏缉拿，而即便如此，赏金也被限制在1000法郎。与此同时，调查仍在继续进行，虽说不一定有功劳，但不乏苦劳。被调查询问的人可谓不计其数，结果终归徒劳无功。由于这桩疑案一直没有线索，公众的情绪变得越来越激愤。十天之后，警方认为最好把原来的悬赏金额增加一倍。又过了一个星期，案情仍毫无进展，巴黎人历来对警方抱有的偏见终于酿成了几起严重的骚乱。这下警察局长亲口许诺2万法郎，“要把那个凶手绳之以法”，若查明凶手不止一人,则“每缉获一名凶犯”赏2万法郎。在这份悬赏公告中，警方还许诺对举报同伙并出庭做证的同案犯免予追究。这份公告所贴之处，一个市民委员会又附上了一份非官方告示，宣称除警察局长许诺的赏金外，他们再提供1万法郎。这样整笔赏金已高达3万法郎。如果我们考虑到那位姑娘卑微的身份，再考虑到类似这桩凶杀案的暴行在各大城市都屡见不鲜，那这笔赏金的数目的确高得有点惊人。

现在谁也不怀疑这桩神秘的谋杀案很快就会大白于天下。但是，虽然警方也逮捕了一两伙似乎能使案子水落石出的嫌疑人，却查不出他们与那桩凶杀案有任何牵连，最后只好把他们立即释放。从发现尸体算起已过了三个星期，其间警方没找到任何有价值的线索。看起来虽然有点奇怪，但在那三个星期过去之前，这桩闹得巴黎满城风雨的事的确丝毫也没有传进迪潘和我的耳朵。当时我俩都全身心地埋头于各自的研究，差不多有一个月，我俩谁也没出门，也没会过客，连看我们那份日报也只是匆匆浏览一下头版上的政论文章。第一个带给我们谋杀案消息的正是巴黎警察局长G先生本人。他于18××年7月13日午后登门拜访，和我们一直谈到当天深夜。他缉拿凶手的一番努力失败，这使他大为光火。这有关他的信誉，他以巴黎人特有的气派这么说，甚至有关他的名誉。现在公众对他都拭目以待，只要这桩疑案的侦破能有所进展，他不惜付出任何代价。他结束开场白时用一种不无滑稽的口吻把他所谓的迪潘的机智恭维了一番，然后向迪潘提出了一个直截了当，而且的确慷慨大方的建议。至于那建议的具体内容我觉得不便随意泄露，不过它与我叙述的事件毫无关系。

我朋友把那番恭维悉数奉还，但是欣然接受了那个提议，尽管那提议所答应的好处完全是靠不住的。协议一经达成，局长马上开始滔滔不绝地阐释自己的见解，并插入大段大段对我们尚未获得的证据的评论。他口若悬河地讲了许多，而且当然是讲得博大精深，尽管其间我曾冒昧地偶然暗示过天色已晚的问题。迪潘一直稳稳地坐在他习惯坐的那把扶手椅上，完全是一副洗耳恭听的样子。整个会谈期间他始终戴着眼镜。我偶尔朝那两块绿镜片下瞥了一眼，这一眼已足以使我相信，由于他一言不发，那位局长告辞之前那漫长的七八个小时丝毫没影响他的酣睡。

第二天上午我去警察局取了一份案情证词的正式记录，又到各家报馆把刊载有这桩惨案消息的报纸一张不少地搜集了一份。经过一番去伪存真，报道的概况大致如下：

18××年6月22日（星期日）上午9点钟左右，玛丽·罗热离开了圣安德烈街她母亲的住处。临走前她只告诉过一位名叫雅克·圣厄斯塔什[1]的先生，说她要去德罗梅街她姑妈家待一天。德罗梅街是一条又短又窄但人口稠密的街道，离塞纳河不远，从罗热太太的膳宿公寓到那儿，抄最近的路大约要走两英里。圣

1　佩恩。——原注

厄斯塔什是玛丽认可的求婚者，就寄宿在罗热太太的膳宿公寓。他本该在黄昏时分去接未婚妻并陪她回家。但午后下起了瓢泼大雨。他心想她准会留在她姑妈家过夜（因为以前碰到这种情况她也在外过夜），所以他认为没有必要去履行诺言。罗热太太是个年逾古稀且体弱多病的老人，那天天黑时有人听见她表露出“恐怕再也见不到玛丽了”的担心，不过这句话在当时并没有引人注意。

到星期一方知道那姑娘不曾去过德罗梅街。直到那一天过去尚无她的音信，人们才开始分头到城里城外几个地方去寻找。然而，到她失踪后的第四天，人们仍未打听到任何关于她的下落。就在那一天（6月25日，星期三），一位叫博韦[1]的先生和他一个朋友到圣安德鲁街对岸的鲁尔门一带打听玛丽的下落，听说塞纳河上的渔夫刚从河中捞起一具漂浮的尸体。博韦见到尸体后犹豫了一阵，然后才确认是香料店那位女郎。他朋友倒是一眼就认出了死者。

死者面部充血。一些发黑的血浆从嘴角溢出。嘴里未见一般溺死者通常都有的白沫。细胞组织尚未变色。喉部有瘀伤和手指掐过的痕迹。双臂弯曲至胸前，

1 克罗姆林。——原注

已经僵硬。右手掌紧握，左手掌半开。左腕有两道环形擦伤，显然是两根绳子或一根绳绕两圈捆绑所致。右腕部分及整个背部也有严重擦伤，但双肩擦伤最为严重。渔民将尸体拖上岸时曾使用过绳子，但那些擦伤不是由此造成。死者颈部肌肉肿胀，可并无创伤或殴打所致的瘀伤。脖子上发现一根系得很紧的饰带，紧得深陷进肉里不易被看见，只是在左耳下方留了一个结。单是这根饰带就足以致命。验尸报告确认死者死亡前有过性行为。报告说她曾遭受野蛮的轮奸。尸体发现时的状态不难被其朋友辨认。

死者的衣服破碎凌乱。从套裙裾边一直到腰部被撕成一条宽约1英尺的长带，长带未被撕离套裙，而是顺着腰间绕了三圈，在背后系成了一个结。紧贴套裙下边的是一件细布衬裙，一块宽约18英寸的布带从这件衬裙上被整幅撕下，撕得很匀称而且撕得很小心。这条宽布带被发现松松地缠在死者脖子上，并打了一个死结。在这条布带和那根饰带上边还系着两端连着一顶无檐女帽的帽带。帽带的结不是女人通常系的那种，而是一个活结或称水手结。

尸体被认出后未按常规送到陈尸所（这一做法被认为多余），而是在离打捞地点不远的地方匆匆埋掉了。由于博韦先生的多方奔走，这一事件被尽可能地掩盖起来，在好几天内都不为公众所知。然而，一家周报[1]终于披露了这桩凶杀，结果尸体被掘出重新检验，但除了上面所记录的，再没有什么新的发现。不过这次将死者的衣服送给她母亲和朋友们辨认过，大家一致确认那些衣服都是那姑娘离家时所穿的。

这时公众的反应越来越强烈。有几人被捕而随之又被释放。圣厄斯塔什尤其被警方怀疑，一开始他说不清玛丽离家的那个星期天他到过些什么地方，但后来他向G先生提交了一份宣誓书，令人信服地说明了他那天每一个小时的行踪。时间一天天过去，警方仍一无所获，上千种自相矛盾的传闻开始散布，记者们也纷纷发表高见。其中最引人注目的说法是玛丽·罗热还活着，塞纳河上发现的那具尸体是另一位不幸的姑娘。我想最好还是把持这种见解的文章摘几段让读者自己读读。这些段落均逐字逐句译自《星报》[2]，一份总体上还算办得不错的报纸。

18××年6月22日，星期日上午，罗热小姐以去德罗梅街看姑妈或别的什么亲戚为由，离开了母亲家。

---

1 《纽约信使》。——原注

2 《纽约乔纳森兄弟报》，由H. 黑斯廷斯·韦尔德先生主编。——原注从那之后便没有人能证明看见过她。她一去就无影无踪或音信渺然……迄今为止，尚无任何人声称在她跨出母亲家大门之后的当天看见过她。……那么，尽管没有玛丽·罗热在6月22日星期日上午9点之后活在这世上的证据，但我们已经证明在当日9点之前她还活着。星期三中午12点，鲁尔门附近河岸边发现一具漂浮女尸。即使我们假定玛丽·罗热在离开母亲家后三小时内就被抛进河中，那从她离家到发现她的尸体也只有三天时间，恰好三天。但是，若认为这桩凶杀（如果她真被杀害的话）能发生得那么早，以至于凶手居然能在半夜之前将她的尸体抛进河中，那我们就太愚蠢了。犯这种血腥罪行的人通常都选择深更半夜而不是光天化日。……由此可见，如果河上发现的尸体真是玛丽·罗热，那尸体在水中的时间就只有两天半，或最多三天。而所有的经验都已证明，凡溺死者或被杀害后立即抛入水中的人，其尸体需要六至十天腐烂到一定程度，然后才会浮出水面。即便尸体上方的水面上有大炮开火，那也只有至少浸泡过五六天的尸体才能浮起，若任其漂浮，随即又会下沉。那么我们要问，究竟是什么原因使这具尸体背离自然之常规呢？……如果这具尸体以其血肉模糊的状态在岸上一直放到星期二晚上，那岸上就应该发现凶手的一点蛛丝马迹。

而且就算尸体在岸上放了两天才被抛进水中，它是否能那么快就浮出水面仍然得加个问号。何况任何犯下了我们所假定的这桩谋杀罪的家伙都断然不可能不给尸体缚上重物就将其沉入水中，毕竟用这种办法沉尸灭迹并不是什么难事。

接着该报撰稿人继续论证那具尸体浸泡于水中“绝不仅仅只有三天，至少也有五个三天”，因为尸体已经腐烂到连博韦也费了好大劲儿才认出的地步。可对博韦认出尸体这一事实，该报却进行了充分的驳斥。且让我再往下翻译这篇文章：

那么，博韦先生凭什么确信那具女尸肯定是玛丽·罗热的尸体呢？他卷起过死者的衣袖并说他发现了使他确信的特征。公众一般都以为他所说的特征是指某种疤痕。其实他只摸了摸那条手臂，并觉得上面有汗毛。我们认为只需稍动动脑筋就会发现这不足为凭，正如在衣袖里摸到了一条胳膊一样不足为据。博韦先生星期三没有返回城里，只是在当晚7点托人捎信给罗热太太，说关于她女儿的调查尚在继续进行。如果我们承认罗热太太是由于上了年纪再加上悲恸因而不能过河去（这完全可以被接受），那肯定有什么人应该认为自己有必要过河去参加调查，如果他们认为那是玛丽的尸体的话。可事实上谁也没过河去。圣安德烈街没人说起或听说这件事，甚至住在那同一幢楼里的人对此也毫无所闻。玛丽的情人及未婚夫，那位寄宿在她母亲家里的圣厄斯塔什先生，宣誓做证说直到第二天早晨博韦先生到他房间告诉他时，他才知道他未婚妻的尸体已经找到。对这样一条消息有关人却无动于衷。这不能不让我们感到震惊。

由此可见，这家报纸极力要造成一种玛丽的亲友对她之死态度漠然的印象，从而与亲友们相信那是她尸体之假定形成矛盾。这等于是向读者暗示：玛丽是因为卷入了一场于她不利的风流韵事而离开巴黎，她的出走得到了亲友们的默许，亲友们后来得知塞纳河上发现了一具跟她有几分相像的女尸，便趁此机会让公众相信玛丽已经死去。不过《星报》未免又操之过急。事实清楚地证明并不存在那种想象的漠然。那位老太太的身体极其虚弱，加之连日来过分焦虑，听到消息后也只是心有余而力不足。圣厄斯塔什闻讯后也绝不是无动于衷，而是悲恸得死去活来，连神志都变得恍恍惚惚，以至于博韦先生不得不说服了一名亲友对他加以照料，并阻止了他去参加开棺验尸。更有甚者，尽管验尸后死者由公家出资重葬的新闻是由《星报》发布，但它同时又刊载消息说一孔私人墓穴之慷慨馈赠被死者家属断然谢绝，而且死者家属没有一人参加葬礼。如我方才所言，《星报》刊载这一切都是为了加深它企图造成的那种印象，然而这一切都被证明为子虚乌有。在紧接着的一期报纸上，该报又试图让博韦遭到嫌疑。那位撰稿人说：

请注意现在情况发生了一个变化。我们获悉当某次一位B夫人在罗热太太家时，欲出门的博韦先生对B夫人说有一位警察马上要来，并吩咐她在他回来之前务必对警察什么也不要说，而是把事情留给他本人去对付。照事情目前的情况来看，博韦先生似乎对整个事件都胸中有数但又讳莫如深。没他的允许别人不得越雷池一步，因为你随意迈步将对他不利。……由于某种原因，他决意除自己外不让任何人插手此事，而按照死者的一些男性亲友的说法，他是用一种奇特的方式把他们挤到了一边。他好像极不喜欢让死者的亲友见到尸体。

根据下面这个事实，对博韦的怀疑似乎显得可信。在那位姑娘失踪的前几天，曾有人上博韦的办公室找他，当时博韦不在，来人看见门上锁孔里插着一朵玫瑰，门边的记事板上写着“玛丽”这个名字。

就我们从报上所能搜集到的材料来看，普遍的印象似乎都认为玛丽死于一伙歹徒之手。这伙歹徒将玛丽挟持到河对岸，对她施以了暴行然后把她杀害。然而《商报》[1]这份有广泛影响的报纸却非常认真地反对这种普遍的看法。我从其专栏文章中引用一两段如下：

就老在鲁尔门一带搜寻凶手的行迹而论，我们认为这场追踪一直是南辕北辙。像死者那样一位名声在外的年轻女郎，不可能一连走过三个街区都不被一个认识她的人看见。而任何熟人只要看见过她就一定会记得，因为认识她的人对她都感兴趣。再说她出门之时正是街上人来人往之际……她居然能走到鲁尔门或者德罗梅街而没被十多个熟人认出，这样的事情绝不可能发生。然而，迄今尚无一人声称在她母亲家门之外看见过她，而除了关于她表示过要外出的证词之外，没有任何证据能证明她确实出了家门。她的套裙被撕出一条长带缠在她腰间，这样便可把尸体像包裹一样搬运。假若凶杀是在鲁尔门附近发生的，那凶手完全

1　纽约《贸易报》。——原注

用不着费这番手脚。发现尸体漂在鲁尔门附近这一事实并不能证明尸体就是在那里被抛入水中……从那个不幸姑娘的衬裙上撕下的一条两英尺长一英尺宽的布带被扎在她的颏下并且绕过她的脑后，这样做很可能是为了防止她喊叫。由此可见，凶手是一帮身边没带手绢的家伙。

然而，在那位警察局长拜访我们之前的一两天，警方曾获得一个重要报告，这个报告的内容似乎至少能推翻《商报》那番议论的主要部分。报告说德吕克太太的两个儿子在鲁尔门附近的树林里游玩时偶然钻进了一片密集的灌木丛，那儿有三四块大石头堆得像把有靠背和脚踏的椅子。上边的一块石头上有条白色裙子，另一块石头上有一方丝织围巾。在那儿还找到一柄女用阳伞、一双手套和一张手绢。手绢上绣着“玛丽·罗热”的名字。周围的荆棘上发现有衣裙的碎片。地面被踏平，灌木枝被折断，一切都证明那儿曾有过一场搏斗。从灌木丛到河边的篱笆围栏被推倒，地上有重物拖过的痕迹。

一家名叫《太阳报》[1]的周报就这一发现发表了如下

1 费城《星期六晚邮报》，由 C. J. 彼得森先生主编。——原注评论，但仅仅是重复巴黎各报的共同看法：

被发现的物品遗留在那里显然至少已有三四个星期，由于雨水浸泡，那些东西全都生霉，而且被霉菌粘连在一起。有些东西的周围和上边都长出了野草。伞上的绸面质地结实，但其线头全部朽脆。上端折叠部分完全发霉腐烂，被人一撑开就撕破了……被荆丛撕下的几块套裙布片一般有3英寸宽6英寸长，其中一块是裙边，上面有缝补过的痕迹。另外有一块是从裙子上撕下的，但不是裙边。它们看上去像是一条条被撕下来挂在荆丛上似的，距地面大约有1英尺高。所以毋庸置疑，这桩骇人听闻的凶杀案之现场已被发现。

这一发现又引出了新的证据。德吕克太太证明道，她一直在正对鲁尔门离河边不远的地方经营一个路边客栈。那附近没有人家，特别僻静。通常星期天都有城里的浪荡子成群结队地划船过河到那儿游玩作乐。就在出事的那个星期天下午3点左右，一个年轻姑娘来到了客栈，由一位肤色黝黑的小伙子陪着。他俩在客栈里待了一阵子，然后离开客栈往附近的密林走去。德吕克太太注意过那位姑娘的装束，因为那件套裙与她死去的一位亲戚所穿过的一件套裙相似。她还特别留意过那条围巾。这对青年男女刚走，客栈里来了一帮无赖之徒，他们吵吵嚷嚷地吃喝了一通，没有付账便顺着那对青年男女离去的方向而去，傍晚时分他们又返回客栈，然后匆匆忙忙划船过河。

那天天黑不久，德吕克太太和她的大儿子曾听到客栈附近传来一个女人的尖叫。那声音凄厉而短促。德吕克太太后来不仅认出了在灌木丛中找到的那条围巾，而且还认出了尸体上的那件套裙。接着有一位名叫瓦朗斯[1]的马车夫也宣誓做证，他在那个星期天曾看见玛丽·罗热乘渡轮到塞纳河对岸，有一个皮肤黝黑的年轻人陪着她。瓦朗斯认识玛丽，不可能把她认错。在灌木丛中找到的那些物件都逐一被玛丽的亲属确认。

我按照迪潘的吩咐从报上搜集到的证词和材料中还包括这样一条，但这一条看起来似乎非常重要。好像是上面所说的衣物刚被发现不久，人们就在如今被公认为是凶杀现场的地方发现了已经昏迷或奄奄一息的玛丽的未婚夫圣厄斯塔什，并在他身边找到一个贴着“鸦片酊”的空玻璃瓶。他呼出的气息证明他已服毒。他一声没吭就死去了。从他身上发现一封信，信中简短地述说了他对玛丽的爱以及他殉情自杀的意图。

1　亚当。——原注

迪潘仔细读完我做的案情摘要后说："几乎用不着由我来告诉你，这是一桩远比莫格街血案还复杂的案子，此案有一个要点与那桩血案不同。尽管这也是一起残忍的血案，但却是一件普通案子。全部案情毫无特别之处。你会看到，人们一直认为这个谜容易解开，正是因为它平淡无奇，而它本该被认为难以解开，也正是因为它司空见惯。就因为它平常，所以警方一开始认为没必要悬赏。G手下那帮警探马上就能够弄清这样一桩暴行为何会发生，又怎样发生。他们会设想出作案方式（多种方式），作案动机（许多动机），而由于这许许多多的方式和动机不可能每一个都是真正的方式和动机，于是他们便理所当然地认为其中之一必定是真的。然而，这些不同的设想中所包含的共同的容易性和每个设想都呈现出的各自的可能性，本来就应该被视为此案难破之暗示，而不应该被看成是容易破案的信号。我以前曾说过，正是凭着那些超越常规的现象，理性方能摸索出探明真相之途径，假若那条途径果真存在的话。而对于我们眼下所面对的这种情况，该问的与其说是'出了什么事'，不如说是'出了什么从未出过的事'。在对莱斯巴拉叶夫人[1]那幢房子

1 参见《莫格街凶杀案》。——原注

进行调查时，G 手下那帮警探就是被这种特别搞得垂头丧气，狼狈不堪，而这种异常对一个思维缜密的智者来说，却能提供最确切的成功之兆。可面对这桩香料店女郎的案子，同样的一名智者说不定就会完全丧失信心，因为满眼皆是司空见惯的情况，除了让警察局那帮家伙空欢喜一场之外，这些情况不说明任何问题。

“在莱斯巴拉叶夫人及其女儿的那桩案子里，我们刚一开始调查就确信是桩凶杀案。自杀之可能即刻就被排除。这次我们也是从一开始就排除了自杀的嫌疑。在鲁尔门发现的那具尸体是那么惨不忍睹，使我们对这一要点没有置疑的余地。但是，有人已经暗示被发现的尸体不是玛丽·罗热，这就是说，现在悬赏缉拿的和我们私下与警察局长达成协议追查的并非杀害玛丽的那名或那伙凶手。我俩对那位局长先生都很了解，对他不宜过分相信。如果我们从被发现的这具尸体开始调查，并由此追查出一名凶手，那我们有可能会发现这具尸体是另外什么受害人，而不是玛丽。而若是我们从活着的玛丽着手追踪并最终找到了她，但我们又可能发现她并没有遇害。无论是哪一种情况，我们都将白忙一场。所以，为了我们自己的利益，如果这不是为了伸张正义的话，我们必不可少的第一步首先就该是确定被发现的那具尸体是不是失踪的玛丽。

“《星报》的论调对公众很有影响，而这家报纸自命不凡，这从它关于这个案子的一篇文章开头一句就可见一斑。它说：‘今天好几家晨报都在谈论星期一《星报》那篇毋庸置疑的文章。’在我看来，这篇文章除了作者那份热情之外，看不出有什么毋庸置疑的地方。我们应该记住，一般说来，我们那些报纸的目的首先在于引起轰动，在于哗众取宠，而不在乎追求事实真相。只有当两者看起来相吻合之时，追求事实真相才可能被顾及。只发表普通见解的报纸得不到公众的信任（无论其见解是多么有根有据）。在公众眼里，唯有与众不同的尖刻才算深刻。无论在推论中还是在文学中，正是这种惊世之言能最迅速而且最普遍地受到赏识。而无论是于推论还是于文学，这种惊世之言都最没有价值。

“我要说的是，正是玛丽·罗热还活着这一想法的惊人之处和戏剧效果，而不是这一想法的真实可能性，使《星报》对此大做文章，以确保其迎合公众的口味。现在让我们来审视一下它议论的要点，同时尽量避免它开始阐释其论点时的那种毫无条理。

“该作者的首要意图是想证明，由于从玛丽失踪到发现那具浮尸之间的时间很短，所以被发现的尸体不是玛丽的尸体。于是，把那段时间缩短到最低限度立刻就成了该推论者的直接目的。因为急于要达到这一目的，他一下笔就迫不及待地来了个纯粹的假定。他说：'若认为这桩凶杀（如果她真被杀害的话）能发生得那么早，以至凶手居然能在半夜之前将她的尸体抛进河中，那我们就太愚蠢了。'我们马上要问，而且当然要问，何以见得？为什么认为那姑娘离开其母亲家后五分钟内遇害就太愚蠢？为什么认为那姑娘是在当天任何一个假定的时间遇害就太愚蠢？凶杀无论何时都可能发生。但是，如果这桩凶杀发生在星期日上午9点到夜里11点45分这段时间里的任何时候，那都会有足够的时间'在半夜之前将她的尸体抛进河中'。所以，这个假定实际上等于是说，这桩凶杀压根儿不是发生在星期天。可如果我们允许《星报》这样假定，那我们就可以容许它信口雌黄。以'若认为这桩凶杀……'开始的那段议论，不管它在《星报》上是怎样措辞用句，我们都不难想象它在作者头脑中是以这种方式存在的：'即便那位姑娘真的被杀害，但若是认为凶杀能发生得那么早，以至于凶手居然能在半夜之前将她的尸体抛进河中，那是愚蠢的看法，那样认为是愚蠢的；与此同时，如果（像我们决意要认为的那样）认为尸体是在半夜之后才被扔进河里，这也是愚蠢的。'这样说已够逻辑混乱，但还不像报上那句话完全令人莫名其妙。”

迪潘继续说：“如果我的目的仅仅是要证明《星报》的那段议论站不住脚，那我完全可以对它置之不理。可我们必须对付的，不是《星报》，而是由此探明事实真相。照正被谈论的这个句子的现状来看，它字面上只有一个意思，就是我刚才清楚地陈述的那个意思，但重要的是，我们应该透过其字眼去寻找这些字眼显然想表达但又没表达出来的意思。那位撰稿人的意图本来是要说，这桩凶杀无论是发生在那个星期天白天或晚上的任何时候，凶手都未必敢冒险在半夜之前把尸体搬运到河边。我真正要抨击的正是这个假定。这个假定设想凶杀是发生在这样的一个地点，并发生在这样的一种情形下，以至于把尸体搬运到河边成了一种必然。可是，那桩凶杀案说不定就发生在河边，或发生在河面。这样，把尸体抛进水中无论在白天和晚上的任何时候都可能被作为最明显且最干脆的匿尸手段。你会明白我这里并非在暗示事情就是这样发生，也不说明这与我的见解一致。我所说的迄今与案情真相尚无关系。我只是要提醒你注意《星报》文章开头的那种片面性，从而注意它全部语气中的暗示。

“规定了这么一个期限来适应其先入之见，又假定了如果那是玛丽的尸体，那么它在水中的时间就很短，那位撰稿人继续写道：

> 所有的经验都已证明，凡溺死者或被杀害后立即抛入水中的人，其尸体需要六至十天腐烂到一定程度，然后才会浮出水面。即便尸体上方的水面上有大炮开火，那也只有至少浸泡过五六天的尸体才能浮起，若任其漂浮，随即又会下沉。

“《星报》的这番论断被巴黎各报一致默认，唯有《箴言报》[1]一家除外。该报单单针对‘溺死者的尸体’这一部分竭力进行反驳，引证了五六起公认是溺水者的尸体在比《星报》所坚持的期限更短的时间内浮出水面的事例。《箴言报》的意图是要全盘否定《星报》的论断，可它用几个特殊的事例去驳斥一个总体论断，这未免太缺乏哲学修养。即便它能引证50个而不是5个实例来证明尸体只需两三天就能浮出水面，那在《星报》的那条普遍规律被驳倒之前，它的50个实例仍然只能被视为那条规律的例外。而一旦承认那条规律（《箴言报》并未否认规律，只是强调了那些例外），就等于容许《星报》的论断继续有效存在。因为《星报》论断

1 《纽约商业广告报》，由斯通上校主编。——原注

之着眼点并不在于争论尸体是否能在三天内浮出水面的问题，所以除非上述那种幼稚的例证多得足以形成一条针锋相对的规律,这种可能性的争论只会对《星报》有利。

“你马上就能看出，如果真有那么一条规律，那所有对这一要点的争论都应该立即将矛头直指那规律本身，为此我们必须审视那条规律的基本原理。一般说来，人体既不比塞纳河中的水轻多少，也不会比它重多少。这就是说，人体在自然状态下，其比重略等于躯体所排开的淡水体积。骨骼小而肉和脂肪多的躯体比骨骼大但肉和脂肪少的躯体更轻，女人的躯体通常比男人的更轻，而河水的比重多少要受到海潮的影响。但即使抛开海潮的因素也可以这么说：就是在淡水里也极少有人体会自动下沉。几乎每个掉进河里的人都能够浮在水面，只要他能允许水的比重与他身体的比重恰好保持平衡，换句话说，就是只要他能允许自己的整个身体尽可能地浸入水中。对不会游泳的人来说，正确的姿势应该是像在岸上走路时那样垂直，头尽量后仰并浸入水中，只让嘴和鼻孔露出水面。这样我们就会发现自己可以毫不费力地浮在水面。可显而易见，人体的重量与所排开的水的体积必须平衡得恰到好处，而任何一点微弱的力量都会打破这种平衡。譬如说把一条胳膊伸出水面，那条胳膊就会失去浮力的支撑，结果身体增加的重量就足以使整个头部淹进水中，而偶然借助于一块小小的木头，我们就可以直起头来四下张望。不会游泳的人在水里挣扎时总不免举起双臂，同时还竭力像平常一样直着脖子，结果嘴和鼻孔就浸入水中。而在水面之下呼吸的结果又使水进入肺腔，胃里也会大量进水。肺和胃里原有的空气现在被水置换，身体因此而变得更重。这种变化通常就足以使人体下沉，但那种骨骼小而肉和脂肪特别多的人会例外。那种人即便被淹死也不会下沉。

“沉入河底的尸体一直要等到其比重又小于被它排开的水的比重时才能重新浮起。这种结果可由尸体的腐烂或其他原因造成。尸体的腐烂会产生气体，气体使腹腔、胸腔和细胞组织扩张，并使全身呈现出一种十分可怕的肿胀。这种肿胀使尸体的体积增大但重量并不相应增加，因而尸体肿胀到一定程度，其比重就会小于它排开的水的比重，随即便可浮出水面。但尸体的腐烂受制于不同的环境，其腐烂之快慢受无数媒介的影响，譬如天气的冷暖、水中含矿量的多少或说水的纯度、水域的深浅、水流的急缓、尸体的温度，以及死者生前有无疾病等等。因此，我们显然没法确定尸体要多少时间才能腐烂到能浮出水面的程度。在某些条件下，这种结果可在一小时内产生；在另一些条件下，也许永远也不会产生这种结果。有些化学注剂可保持动物尸体永不腐烂，二氯化汞就是其中一种。不过尸体除了腐烂之外，胃腔也经常因其中的植物性物质酸性发酵而充满气体（其他腔体器官也可因其他原因产生气体），这样也足以使尸体肿胀到能浮出水面的程度。水面大炮开火所起的作用只是震荡作用。这种作用一方面可以让尸体摆脱淤泥或其他沉淀物的羁绊，使其在其他条件已成熟的情况下上浮，另一方面可震掉细胞组织在腐烂过程中产生的黏性，从而允许腔体在空气的作用下膨胀。

“弄清了这个问题的基本原理，我们就能轻而易举地来审视《星报》的那番论断。这家报纸说，‘所有的经验都已证明，凡溺死者或被杀害后立即抛入水中的人，其尸体需要六至十天腐烂到一定程度，然后才会浮出水面。即使尸体上方的水面上有大炮开火，那也只有至少浸泡过五六天的尸体才能浮起，若任其漂浮，随即又会下沉。’

“现在来看，这整段文章就必然是一堆矛盾百出且语无伦次的废话。所有的经验并没有证明溺水者的尸体需要 6 至 10 天才能腐烂到能浮出水面的程度。科学和经验都证明，沉尸浮出水面的时间是而且必然是不确定的。此外，如果一具沉尸因水面大炮开火的震动而浮出水面，它也不会因任其漂浮就随即下沉，而是要等到它腐烂得再也盛不住体内所产生的气体时才会下沉。不过我希望你能注意到溺死者的尸体和被杀害后的遇害人的尸体这两者之间的区别。虽然那位作者也承认这种区别，可他在议论中却把它们混为一谈。我已经说明了溺水者是如何使自己身体的比重大于被其排开的水的比重，说明了他完全可以不下沉，除非他在水中挣扎，把双臂伸出水面，并由于在水下呼吸而让水置换掉肺里原有的空气。但被立即抛入水中的遇害人的尸体既不会挣扎也不会呼吸，因此这种尸体一般说来根本不会下沉。对这一事实《星报》显然是一无所知。这种尸体要等腐烂到相当程度，腐烂到肌肉大部分与骨骼脱离的时候，这时，而且只有到这时，它才会从水面上消失。

"现在，对于因为浮尸在三天内被发现就认为不可能是玛丽的尸体的那个论断，我们又该如何看呢？假若那是个溺死的女人，那她也许压根儿就没往下沉，或是下沉后又在一天内或更短的时间内浮了起来。但没人认为她是淹死的。而若是她在被抛入水中之前就已经死去，那任何时候都可能发现她浮在水面。

"《星报》还说：'如果这具尸体以其血肉模糊的状

态在岸上一直放到星期二晚上，那岸上就应该发现凶手的一点蛛丝马迹。’初看这句话使人很难领会推论者的意图。其实他表示的意思是他预见到了这一假想有可能成为其论断之反证，即假若尸体在岸上放了两天，那就会腐烂得更快，比浸泡在水中腐烂得更快。他以为那样尸体就有可能在星期三浮出水面，并认为只有在那种情况下这样的事才可能发生。于是乎他赶紧证明尸体没有被放在岸上，因为要是那样的话，‘岸上就应该发现凶手的一点蛛丝马迹’。我猜你会为这种推论而感到好笑。你无论如何也弄不明白，为什么尸体放置岸上的持续时间能作用于凶手踪迹的增加。我也弄不明白。

“那份报纸接着说：‘何况任何犯下了我们所假定的这桩谋杀罪的家伙都断然不可能不给尸体缚上重物就将其沉入水中，毕竟用这种办法沉尸灭迹并不是什么难事。’请注意这段话里可笑的思维混乱！没有谁（甚至包括《星报》）对发现的死者是被谋杀表示过异议。尸体上暴行的痕迹太明显了。我们那位推论者的目的不过是要证明那具尸体不是玛丽的尸体。他希望证明的是玛丽没有被杀害，而并非想证明发现的那名死者不是被杀。可他的一番议论却只证明了后者。这有一具没缚重物的尸体。而凶手沉尸不可能不缚上重物。

所以这具尸体并非凶手所抛。如果说这段话证明了什么，那这就是它所证明的一切。死者身份的问题甚至就不了了之，而《星报》煞费了一番苦心，结果反倒否认了它刚刚承认过的一个事实。它前文曾确信被发现的浮尸是一名被杀害的女性的尸体。

"我们那位推论者不仅仅是在这个例证上不能自圆其说，他在其主论的那一段里也不知不觉地自己跟自己过不去。我已经说过，他明显的目的就是要尽可能地缩短从玛丽失踪到发现浮尸之间的时间。可我们却发现他极力强调那姑娘离开她母亲家后便无人再见过她这一点。他说：'没有玛丽·罗热在6月22日星期日上午9点之后活在这世上的证据。'因为他的论证本来就是片面的，所以他至少应该对这一点视而不见，因为若是知道有谁看见过玛丽，比方说在星期一或是星期二，那议论中的那段时间就可以被大大缩短，而根据他的推论，那具浮尸是那位女店员的尸体之可能性也就会大大减少。不过，看见《星报》那么信心十足地坚持认为这一点有助于它总的论断，这倒使人觉得非常有趣。

"现在让我们再来看看《星报》针对博韦辨认尸体的那段议论。关于手臂上汗毛的说法，《星报》显然是别有用心。博韦先生不是白痴，他在辨认尸体时不可能只简单地说手臂上有汗毛。哪一条手臂都有汗毛。《星报》那种笼统的说法不过是对证人原话的歪曲。博韦先生肯定谈到过那汗毛的某种特征，谈到过其颜色、疏密、长短或生长部位之特征。

“该报揶揄道：‘说她脚小，脚小的何止万千。她的吊袜带压根儿算不上证据，她的鞋子也不足为凭，因为同样的鞋子和袜带都成包成箱地出售。她帽子上的饰花也同样随处都能买到。博韦先生一再坚持的一点是，那副吊袜带带子被缩短，而且吊扣上移。这一点丝毫也不说明问题，因为大多数女人都宁愿把吊袜带买回家后再依照自己腿的尺寸调节吊扣，而不愿在商店里试好再买。’从这儿已很难认为那个推论者是在认真讨论问题了。如果博韦先生在寻找玛丽的尸体时发现了一具其身材相貌都与她大体相同的尸体，那他就有正当理由认为他要找的尸体已经找到（完全用不着再考虑什么衣着的问题）。要是除了身材相貌酷似，他还在其手臂上发现了他曾在活着的玛丽的手臂上看见过的汗毛特征，那他的认定就会理所当然地得到加强，而这种确信之增强很可能就与汗毛特征的特异或异常程度成正比。如果玛丽的脚小，而那具尸体的脚也小，那么尸体即玛丽的可能性就不仅仅是成算术比例增加，而是以几何比例或累积比例增长。若是再加上那双鞋正好像她失踪那天人们所知道她穿的那双，那即使这种鞋在商店里‘成包成箱’地出售，你也仍然可以认为那种可能性已经接近于确实无疑。由于处在确证的位置，其本身本来不足为据的东西反倒会成为更确凿的证据。所以，只要那顶帽子上的花和失踪那位姑娘所戴的相同,我们就不用再找别的证据。只要有一朵花，我们就不用再找别的证据。那如果有两朵、三朵或者更多的花呢？那每一朵花就可以使证据增加一倍。证据的增长不是一个一个相加，而是以百位数或千位数去相乘。现在假定我们发现那名死者腿上的吊袜带正好是失踪的那位姑娘所用的那种，我们再要往下追究就已经有点可笑了。可这副吊袜带还被发现缩紧了吊带，并且是以玛丽通常在出门之前上移吊扣的那种方式缩紧的。这下还有谁怀疑，那他不是装疯就是卖傻。《星报》说什么吊袜带的缩短是常有的事，这只能证明它将错就错，固执己见。吊袜带本身具有的伸缩性证明缩短吊带并非常有的事。它本身所具有的调节功能只能在很少的特殊情况下才需要再调节。严格地说，玛丽那副吊袜带需要像上面说的那样缩紧，这肯定是一种少有的情况。单是那副吊袜带就足以证明她的身份。可人们不单是发现那具尸体系着那位失踪女郎的吊袜带，不单是发现它穿着她的鞋子，或戴着她的帽子，或插着她帽子上那种花，或脚和她一样小，或手臂有她一样的标记，或身材相貌都与她大体相像，而是发现那具尸体有她所有的每一点，有她所有的一切。如果证明《星报》那位撰稿人对死者之身份是真正抱有怀疑，那在这种情况下也大可不必送他去接受精神病检查。他不过一直认为重复那些律师们的废话是明智之举，而大多数律师只满足于重复那一本本四四方方的法规法典。在此我想说明一下，被法庭驳回的许多证据在智者看来都是最好的证据。因为法庭只遵循确认证据的一般原则，即被普遍接受和记入法典的原则，而不愿转向特殊的事例。绝对不顾与原则冲突之例外，坚定不移地恪守原则，这种惯例无论时间怎样延续也是能最大限度探明真相的一种可靠方法。因此这种惯例在总体上是明智的，但可以肯定，它仍然会在个别事例上酿成大错[1]。

“关于博韦有嫌疑的暗示，你也许很乐意能一下

1　据某一客体之特性所立之理论，有可能随着其客体之不同而难自圆其说；据事物之起因设置论题者，有可能随着其结果的不同而弃题废论。所以各国法学都一再表明，法律一旦成为一门科学和一种制度，那它也就不再公正。对分类原则之盲从已导致法律出错，对这些错误，只消看看立法机构是如何经常被迫出面恢复其法律丧失之公正便可得知。——兰多［【译者按】此注乃爱伦·坡原注。兰多即美国法理学家及文学家霍勒斯·B. 华莱士（Horace Binney Wallace，1817—1852），他曾以笔名威廉·兰多（William Landor）出版其长篇小说《斯坦利》（Stanley，1838），原注引文即出自该小说第2卷第78章。］

子排除。对这位热心绅士的真正秉性你已经有所了解。他是个爱管闲事的人，精明不足，风流有余。他这种好事之徒遇上这真正的热闹事，自然难免热心过头，所以容易招惹过分精明的人或居心不良的人对他生疑（如你的摘要所示）。博韦先生与《星报》那位撰稿人单独进行过几次交谈，他无视撰稿人那番理论，大胆说出自己的想法，坚持认为那具浮尸千真万确是玛丽的尸体，结果冒犯了那位撰稿人。《星报》说：'他一口咬定那是玛丽的尸体，可除了本报已加以评论的那些细节，他提不出任何令人信服的证据。'现在无须再谈论不可能提出'令人信服'的有力证据这一事实，我们也许注意过这样的情况，一个人可以非常清楚地表明他相信某事，却不能提出任何让别人也相信的理由。没有什么比谈对人的印象更说不清的事了。谁都认识自己的邻居，可很少有人对说出认识的理由有所准备。《星报》那位撰稿人无权因博韦先生说不出相信的理由就大动肝火。

"博韦先生的招疑之处更符合我假设的那种风流好事之徒，而不符合那位撰稿人说他有罪的暗示。只要接受这种更富善意的解释，我们就不难理解报上说的那些情况，如锁孔里那朵玫瑰、记事板上写的'玛丽'、把男性亲友挤到一边、不喜欢让他们见到尸体、吩咐 B

夫人在他（博韦）回来之前不要同警察谈话，以及他决意除自己之外不让任何人插手此事等等。在我看来，博韦毫无疑问是玛丽的追求者之一，而玛丽也肯定向他卖弄过风情。他巴不得让别人认为玛丽和他最亲热，最知心。对这一点我不想再说什么，至于《星报》所说的玛丽的母亲及其亲友对她的死态度冷漠，一种与他们相信那具尸体就是玛丽的假定相矛盾的冷漠，这已被事实证明是无稽之谈。现在让我们认为证明死者身份的问题已圆满解决，我们将以此为基础继续探讨案情。"

"那么，"我问，"你认为《商报》的看法怎么样？"

"就其要旨而言，《商报》的看法比其他已经发表的有关见解更值得注意。它从前提所引出的推论既明智又精辟，但它的前提至少有两个不足之处。《商报》意在暗示玛丽是在离她母亲家不远的地方被一伙下流的歹徒挟持。它强调说：'那样一位名声在外的年轻女郎，不可能一连走过三个街区都不被一个认识她的人看见。'持这种看法的肯定是一位久居巴黎的人，一位从事社会活动的人，而且是一位其日常行程大部分局限公务机关附近的人。他知道他从自己的办公室出来走上 12 个街区，很少有不被人认出并向他打招呼的时候。他知道他有多少熟人，也知道有多少人认识他。他把自己的知名度与那位香料店女郎的名气进行比较，觉得二者没多大差别，于是马上得出结论，她走在街上也会像他一样容易被人认出。这一结论只有在玛丽平时也像他那样按部就班、一成不变地来往于同一区域的条件下才能成立。他总是在一定的时间来往于一个限定的区域，那里有许多人由于情况与他相同而对他感兴趣，进而认识他本人。但一般说来，玛丽通常行走的路线应该被认为是没有定准的。而在这个特例中，不难理解她非常有可能走了一条与她平时习惯走的路线截然不同的路。我们设想存在于《商报》心目中的那种对等只有在两个人横穿全城的情况下才能被证明。在那种情况下，假定他俩的熟人一样多，那他们可能与熟人相遇的次数也就机会均等。在我看来，我倒相信玛丽无论何时，无论从哪条路从她的住处到她姑妈家而没遇上她认识的人或被认识她的人看见的情况不仅是可能的，而且是完全可能的。要全面而正确地看这个问题，那我们必须牢牢记住，即使对全巴黎最出名的人而言，认识他的人与巴黎的总人口相比也少得可怜。

“但不管《商报》的看法显得多么有说服力，只要我们一考虑到那姑娘出门的时间，那种说服力就会大为减色。《商报》说‘她出门之时正是街上人来人往之际’，可实际情况并非如此。那是上午 9 点钟。的确，每天上午 9 点钟时巴黎的街上都挤满了人，但是唯有星期天除外。星期天上午 9 点，大多数人都还在家里为上教堂做准备。细心的人不会不注意到安息日上午 8 点到 10 点巴黎的街头有多冷清。从 10 点到 11 点，街上会比肩接踵，但在上面所说的那段时间里绝不会人来人往。

“就《商报》而言，它在另一点上似乎有一个观察失误。它说，‘从那个不幸姑娘的衬裙上撕下的一条两英尺长一英尺宽的布带被扎在她的颏下并且绕过她的脑后，这样做很可能是为了防止她喊叫。由此可见，凶手是一帮身边没带手绢的家伙。’这种看法有无根据，我们以后会尽力弄清楚，可《商报》撰稿人所说的‘没带手绢的家伙’指的就是那群下流的歹徒。然而，那些家伙即使不穿衬衫也不会不带手绢。你肯定已经注意到近些年来，手绢已成了流氓恶棍必不可少的东西。”

“那我们对《太阳报》的那篇文章又如何看呢？”我问。

“可惜那位作者不是一只天生的鹦鹉，不然他这篇文章倒可以使他在同类中显得出类拔萃。他仅仅是把别人已经发表过的评论逐一重复一遍。他那种寻章摘句、东拼西凑的勤勉倒令人钦佩。他说‘被发现的物品遗留在那里显然至少已有三四个星期’，并‘毋庸置疑，这桩骇人听闻的凶杀案之现场已被发现’。《太阳报》所重复的情况其实远远不能消除我对这个问题的怀疑，以后我们将联系这个话题的另一部分再来审视这些情况。

“现在我们得来进行另一番探讨。你不会不注意到验尸进行得极其草率。诚然尸体的身份问题容易确定，或说本该不难确定，但还有另外一些要点需要弄清。死者是否遭到过任何抢窃？死者出门前是否戴有任何珠宝首饰？如果有，发现尸体时它们是否还在？这些重要的问题证词里只字未提，还有些同样重要的问题迄今也无人注意。我们必须凭自己的调查使自己信服。圣厄斯塔什的情况得重新审查。我对他这个人并不怀疑，但还是让我们有条不紊地来进行。我们得毫无疑问地弄清他关于那个星期天行踪的宣誓书完全属实。那种宣誓书很容易成为干扰视线的东西。但如果它内容属实，我们就可以把圣厄斯塔什从我们的调查中排除。不管他的自杀在发现他宣誓书有欺诈的情况下会多么值得怀疑，但若无这样的欺诈，那就绝非一件无法解释的事，我们就不必因此而转移正常分析的思路。

“从我刚才所提到的来看，我们应该抛开这幕悲剧的内情，而把精力集中到它周围的情况。在进行此类调查中，屡见不鲜的错误就是把调查局限于直接对象，而全然忽略那些间接的或伴随的情况。把证据和审议都限制在明显相关这一界线内，这是法庭的不当行为。而经验已经证明，而且一种真正的哲学也始终表明，真相的一部分或大部分往往存在于表面上与它无关的事物现象中。正是由于这个原理的精神实质，如果说不是由于它丝毫不差的字面意思，现代科学才决心去预测难以预知之事物。不过你也许不明白我这番话的意思。人类知识的历史一直不断地证明，我们许许多多极其有价值的发现都归功于间接的、偶然的或意外的事件，以至于从任何发展进步的眼光来看，充分地而且是非常充分地去估计许多发明创造都将产生于偶然和纯粹的意外已经终于成为一种必然。对未来之展望必须以现实作为根据已经不再富于哲理。偶然已被公认为是这种根据之一部分。我们已经使偶然性成为绝对计算的要素。我们还把难以预料和难以想象的因素置入了学校中的数理方程式。

“我再重复一遍，所有真相之绝大部分产生于间接因素是确凿的事实，而正是根据这个事实所含有的原理之精神，我将把我们眼下的调查从别人已经调查过但毫无结果的事件本身转移到事件发生时它周围伴随的情况。当你去查清那份宣誓书的真伪之时，我将更全面地把你所研究过的这些报纸再研究一遍。迄今为止，我们还仅仅是勘察了一下我们要调查的范围。不过，要是在对这些报纸进行一番我所说的那种全面研究之后，它们还不能为我们提供能指明调查方向的要点，那这事就奇怪了。”

我按照迪潘的建议对那份宣誓书的内容进行了认真彻底的核查。核查结果证明宣誓书无伪，因而也证明了圣厄斯塔什清白无罪。与此同时，迪潘以一种在我看来毫无目的的精细，对各种各样的报刊资料进行了一番仔细的研究。一个星期之后，他把下面的这份摘记摆到了我跟前：

大约三年半以前，这同一位玛丽·罗热也曾从罗亚尔宫底层勒布朗先生的香料店里突然失踪，那次失踪也和这次一样引起过轰动。但她一星期后又重新出现在她通常站的柜台后面。她与平常相比别无二致，只是脸色隐约透出一种与平时不同的苍白。据勒布朗先生和她母亲说，她不过是去乡下看望了一位朋友。那件事很快就烟消云散。本报认为，这次失踪又是和上次一样的把戏。不出一星期，或许不出一个月，她又会回到我们中间。——《晚报》，6 月 23 日，星期一[1]

1 《纽约快报》。——原注

昨天一家晚报提到了罗热小姐前一次神秘的失踪。人们早已知道，在她离开勒布朗香料店的那个星期里，陪着她的是一名年轻的海军军官，而那名军官素以寻花问柳而闻名。据测是一场争吵使她幸运地重返家门。本报已获悉那名浪荡军官的姓名，他眼下正被派驻巴黎，但由于显而易见的原因，本报不能将此公诸世人。——《信使报》，6 月 24 日，星期二晨版[1]

一桩最残忍的强奸案于前天发生在本市近郊。当日黄昏时分，一位挈其妻女的先生见六名青年划一条小船在塞纳河边闲荡，便雇请他们渡他全家过河。船至对岸，那一家三口下船，当已经走到看不见船影的时候，女儿发现把伞忘在了船上。她独自返回取伞，结果被那伙人堵上嘴劫至河心，在遭受野蛮的强奸之后，被弃于离她先前随父母登船之处不远的河岸上。这帮歹徒目前尚逍遥法外，但警方正在寻迹追踪，其中有人可能很快就会落入法网。——《晨报》，6 月 25 日

本报收到几封来信，其目的都是要证明梅奈[2]在最

1 《纽约先驱报》。——原注

2 梅奈是最初涉嫌并被捕的当事人之一，但因缺乏证据而获释。——原注

近那桩强奸案中有罪。但鉴于此君经审讯之后已被宣布无罪，加之来信者的论点论据似乎都热心有余而深刻不足，本报认为不宜将其发表。——《晨报》，6月28日[1]

本报收到几封颇具说服力的来信，这些显然来自不同渠道的消息足以使我们有理由确信，不幸的玛丽·罗热已惨遭星期天横行于本市郊外的多群歹徒中一群的毒手。本报完全赞同这一推测。今后我们将尽量抽出版面刊载此类议论。——《晚报》，7月1日，星期二

星期一，一名与税务署有联系的驳船管理员看见塞纳河上有一条空船顺水漂流。空船的帆收卷在船底。管理员把空船拖回驳船管理处。次日晨发现该船已被人弄走，而管理处无一人知晓是何人所为。船的舵轮尚在管理处。——《勤奋报》，6月26日，星期四[2]

读完这些零散的摘记，我不仅觉得它们似乎彼此

1 《纽约信使问询报》。——原注

2 《纽约晚邮报》。——原注

互不相干，而且看不出它们中的任何一则能以任何方式与讨论中的问题联系起来。我等待迪潘的解释。

“我现在不打算详细讲述抄在这里的第一和第二段，”他说，“我把它们抄下来，主要是想让你看到警方的极端疏忽。据我从那位局长那儿了解的情况，他们迄今尚未劳神从任何一个方面去调查一下报上提到的那名海军军官。可要说玛丽的两次失踪之间不存在某种可以假定的关系，那就真是蠢到了极点。我们不妨承认第一次私奔是以情人间的争吵、被玩弄者的返家而告终。这样我们就完全可以把第二次私奔（假如我们知道又发生了一次私奔的话）看成是原来那位诱惑者提议重归于好的后果，而不是另一名第三者向她求爱的结局。我们就完全可以将此视为旧情的‘重温’，而不是看作新欢的开始。曾经和玛丽私奔过的那个人很可能再次提议和她一道私奔，而曾接受过一个人的私奔提议的玛丽则不太可能接受另一个人提出的私奔建议，这两者的概率是 10 比 1。现在我想请你注意这个事实，那就是从真实的第一次私奔到假定的第二次私奔之间的这段时间比我们军舰的常规巡航期多几个月。难道那位情夫上次的卑劣行径是由于必须出航而被迫中断？难道他远航归来就抓紧时机要重新实现那个尚未实现（或者说尚未被他实现）的卑鄙计划？对这些事我们还一无所知。

“不过你也许会说，并不存在我们假定的第二次私奔。当然不存在，可难道我们能说那个未实现的私奔计划也不存在？除了圣厄斯塔什，或许还有博韦，我们找不到一个公认的、公开的、体面的玛丽的追求者，没听到说起过别的什么人。那么，连玛丽的亲友（至少大多数亲友）都一无所知，玛丽在星期天上午前去相会的那个秘密情人会是谁呢？是谁那么值得玛丽信赖，以至于她毫不犹豫地陪他在鲁尔门偏僻的树林里一直待到天黑呢？我是问，那个至少玛丽的大多数亲友都一无所知的情人到底是谁？罗热太太在玛丽要出门的那天清晨说‘恐怕我再也见不到玛丽了’。这句古怪的预言又到底意味着什么？

“但即使我们不能设想罗热太太心里明白那个私奔计划，难道我们也不能假定至少那姑娘接受了那个计划吗？她离家时说是要去德罗梅街看她姑妈，并叫圣厄斯塔什天黑的时候去接她。这个事实乍一看与我的看法相矛盾，但让我们细细来看。我们已经知道，她的确会见了某位男友，和他一道过了河，并在下午3点钟那么晚的时候到达鲁尔门。可是在她答应陪伴那个人（无论她出于什么动机，也不管她母亲是否知晓）之时，她必然会想到她离家时所说的去向，必然会想到她的未婚夫圣厄斯塔什按时去德罗梅街接她而发现她不在时的惊讶和猜疑，更有甚者，当他带着这个令人惊恐的消息回到那个膳宿公寓时，他会意识到她已一整天不见踪影。我说她必然会想到这些事。她必然会预料到圣厄斯塔什的懊恼，预料到所有人的猜疑。她不可能想回去承受那种猜疑。不过我们若是假定她并不打算再回家，那种猜疑对她来说也就无所谓了。

“我们可以这样来揣测她当时的心思，‘我要去会见某人并和他一道私奔，或是为了其他只有我才知道的目的。有必要防止受阻的可能，必须得有足够的时间让我们远走高飞。我要让人知道我将去德罗梅街姑妈家待一天。我要叫圣厄斯塔什天黑才来接我，这样我就能指望尽量延长离家的时间，而不致引起他们的怀疑或担心，而这比用其他方法争取到的时间都多。我叫圣厄斯塔什天黑来接我，那他绝不会不等到天黑；可要是我根本不叫他去接，那我逃离的时间反而会减少，因为他们会指望我更早回家，我的不归会更快地引起他们的焦虑。而要是我本来就打算回去，要是我本来只打算陪那个人逛一逛，那我就犯不着叫圣厄斯塔什去接我，因为他一去就必然会弄清我一直在骗他，而这个事实我本可以瞒他一辈子，只要我平日离家时不告诉他我的去向，只要我每天天黑之前就回家，只要这一次我告诉他我是去德罗梅街姑妈家拜访。但是，既然我现在的打算是永不回家，或是几星期后才回家，或是隐匿相当一段时间后才回家，那我的当务之急就只是争取时间。’

“你从你的案情摘要中已经注意到，公众对这桩惨案最普遍的看法是，而且从一开始就是，那位姑娘成了一帮歹徒的牺牲品。而在某种情况下，对公众舆论不能充耳不闻。当这种舆论完全以一种自然而然的方式产生和表露时，我们应该将其视为与天才所特有的直觉相类似的感觉。我在百分之九十九的情况下都会依从公众舆论。但关键是这种舆论中不能有操纵的痕迹，这种舆论必须百分之百是公众自己的舆论。而这两者的区别往往极难看出,极难把握。就眼下事例而言，我觉得关于一伙歹徒这一‘公众舆论’似乎是由我摘抄的第三段报道所详述的那桩并发案件在推波助澜。玛丽尸体之发现使巴黎满城风雨，因为这姑娘既年轻漂亮又声名远扬。尸体被发现有遭强奸的痕迹，而且漂浮在塞纳河上。可这时人们得知，恰好在推测的玛丽遇害的时间或几乎与此同时，一伙年轻的歹徒对另一名年轻姑娘施以了玛丽所遭受的那种暴行，尽管伤害程度没那么严重。一桩已知的暴行会影响公众对另一桩不明原因的暴行的看法，这有什么奇怪？公众的看法急需引导，而这桩已知的强奸案似乎非常及时地提供了这种指引！玛丽的尸体被发现漂在河上，而这桩已知的强奸案也发生在同一条河上。这两件事之间的联系是那么一目了然，以至于真正奇妙之处反倒不为公众所知所悟。可事实上，这桩已知是怎样发生的暴行恰好证明了另一桩几乎与它同时的暴行不是这样发生的。假设一帮歹徒正在某处干一桩闻所未闻的邪恶勾当之时，竟然有另一帮同样的歹徒在同一座城市，在同一个地方，在同样的情况下，以同样的手段和方式，在完全相同的时间内干着完全相同的罪恶勾当，那这简直是一个奇迹！然而，那个碰巧被人操纵了的公众舆论不是要我们相信这一连串奇迹般的巧合，那又是要我们相信什么呢？

“在我们进一步探讨之前，让我们考虑到鲁尔门附近树林里那个被认为的凶杀现场。那片树林虽说茂密，却位于一条公路附近。树林里有三四块大石头，堆得像是一把有靠背和踏脚板的椅子。上边的一块石头上发现一条白色裙子，另一块石头上有一条丝织围巾。在那儿还找到一柄女用阳伞、一双手套和一块手绢。手绢上绣着‘玛丽·罗热’的名字。周围的荆棘上发现有衣裙的碎片。地面被踏平，灌木枝被折断，一切都证明那儿曾有过一场搏斗。

“尽管林中这一发现博得了各家报纸的喝彩，尽管公众一致认为那就是真正的凶杀现场，但必须承认，我们仍有充分理由对此进行怀疑。说它是凶杀现场，我可以相信也可以怀疑，但我有怀疑的充分理由。如果像《商报》所暗示的那样，真正的凶杀现场就在圣安德烈街附近，再假若凶手仍然滞留在巴黎，那他们自然会因公众的注意找准了方向而感到惊恐；而在某种人的心中，很可能一下就会想到有必要设法转移公众的注意力。这样，在已经遭人怀疑的鲁尔门那片林中放上后来被发现的那些东西之念头就很有可能应运而生。虽然《太阳报》推测那些东西被遗留在那里已远远不止几天，却没有确凿的证据能证明其推测。与之相反，倒有不少间接证据能够证明，从那个不祥的星期天到孩子们发现它们的那个下午，那些东西不可能一连20天放在那里而不引起任何注意。《太阳报》鹦鹉学舌地说：‘由于雨水浸泡，那些东西全都生霉，而且被霉菌粘连在一起。有些东西的周围和上边都长出了野草。伞上的绸面质地结实，但其线头全部朽脆。上端折叠部分完全发霉腐烂，被人一撑开就撕破了。’按照‘有些东西的周围和上边都长出了野草’这种说法而论，《太阳报》所陈述的事实显然只能是根据那两个小男孩的话而确定的，因而只能是根据回忆而确定的，因为两个孩子在第三者见到那些东西之前就已经把它们移动并带回家里。但野草一天会长两三英寸，尤其在温暖而潮湿的日子（就像这桩凶杀发生前后的这些日子）。让一柄伞横放在一片新铺草皮的地上，它也会在一星期内被向上生长的草完全遮掩。至于说《太阳报》的撰稿人那么不厌其烦地强调，以至于在短短的一段文字中就三次提及的霉菌，难道他是真不知道这种霉菌的性质？难道他非得要别人来告诉他那种霉菌是许许多多种真菌当中的一种，它最显著的特征就是在 24 小时内生长并衰亡？

“这样我们一眼就看出，被该报得意扬扬地用来支撑那些物品在树林中‘至少已有三四个星期’这一说法的根据是多么荒唐可笑，压根儿不能被视为那件事的证据。从另一方面来看，很难相信那些物品能在那片树林里放上一个星期，从一个星期天放到下一个星期天。凡了解巴黎周围情况的人都知道，要寻一个清静地方有多不容易，除非他远离巴黎近郊。要在近郊的树林或树丛间找一块人迹罕至或是游人稀少的幽僻之处，这简直连想都不敢想。我们假设一个人，他打心眼儿里热爱大自然，但公务使他不得不长期承受这座大都市的尘嚣与火热，假设这么一个人甚至在不是星期日的一天，偷闲到环抱着我们的自然之美景中去了却他探幽寻静的一番心愿。他每走一步都会发现自然之魅力增添一分，但同时他也会发现这种魅力很快就被流氓地痞的喧嚣横行或恶棍无赖的聚众狂欢逐一驱散。他在密林中寻找清静的希望会化为泡影。那儿到处是藏污纳垢的阴暗角落，到处是被人亵渎的神庙圣殿。那名寻幽者会怀着厌恶的心情逃回污秽的巴黎，似乎巴黎因其污秽之和谐而不显得那么讨厌。可如果市郊连平时都这般不清静，那星期天就不知有多么热闹！尤其是现在，城里的那些流氓恶棍找不到活干，或是失去了通常胡作非为的机会，便纷纷去寻找城外的天地。这倒不是因为他们喜欢他们压根儿就看不上眼的乡村，而是以此来逃避社会的规范和习俗。他们并不稀罕新鲜的空气和绿色的树林，他们贪图的只是在乡下可以恣意妄为。在乡下的路边客栈，或在密林的树荫下，除了自己那帮酒肉朋友外，不会有任何监视的目光。他们沉溺在疯狂而虚幻的寻欢作乐之中，沉溺在自由和朗姆酒混合的产物之中。当我重复上述物件放在巴黎郊外任何树林里从一个星期天到下一个星期天而不被人发现的情况只能被视为奇迹之时，我说的无非是任何头脑冷静的人都能看清的事实。

“然而，我们还有其他的根据来怀疑那些东西被放进树林是为了转移人们对真正的凶杀现场的注意。首先我请你注意发现那些物品的日期，再把那日期同我从报上摘抄的第五段报道的日期核对一下。这样你就会发现，找到那些物品的时间几乎就紧随在那几封信被迫不及待地寄给那家晚报之后。信虽然有几封，而且显然来自不同渠道，却达到了同一个目的，即引导人们注意到那桩惨案的凶手是一伙，而且凶杀的现场就在鲁尔门附近。所以在这一点上，由于那几封信的结果，或说由于公众的注意力被那几封信转移，那值得怀疑的当然不是那些东西被孩子们发现，而应该是（而且很可能是）那些东西在此之前没被孩子们发现，因为在此之前那些东西并不在树林里，而是晚至那几封信发出的日期或稍早一点才被那个有罪的写信人放进那片树林的。

“那片树林是一片奇特的树林，一片非常奇特的树林。它异常茂密。在它的天然屏障包围之中有三块非凡别致的石头，堆得像把有靠背和脚踏的椅子。而这片充满了一种自然天工的树林就在离德吕克太太家只有几杆[1]远的附近，而她家的孩子为了寻找黄樟木的干皮，总习惯在林间的灌木丛中搜索。我敢下 1000 比 1 的赌注打个赌，那些被安置在这座绿荫殿堂、被摆设

1　1 杆约等于 5.3 米。

在它的天然石冠上的东西，那两个小男孩一天至少能找到一件。谁若是不敢下这样的赌注，那他要么是不曾当过孩子，要么就是已经忘了孩子的天性。我再说一遍，那些东西能在那片树林里放上一两天而不被发现，这无论如何也难以置信。所以，尽管《太阳报》愚顽不化，我们仍有充分的理由怀疑那些东西是在事后很久的某一天才被人放进那片树林的。

“可除了我刚才强调的几点，我们还有其他更令人信服的理由相信那些东西是被人放置的。现在我请你注意一下那些东西摆布上的人为痕迹。上边的一块石头上有条白色裙子，另一块石头上有条丝织围巾，周围散落着一柄女用阳伞、一双手套和一块绣着‘玛丽·罗热’名字的手绢。这正是一个不甚精明的人想把东西摆得自然一点而自然摆出的结果。可这绝不是一种真正自然的摆布。我倒宁愿希望看见那些东西全扔在地上而且被人踩过。在那么狭窄的一块林间空地，又有那么多人在那里进行过一场搏斗，那条裙子和那条围巾几乎没有可能还能保持它们在石椅上的位置。据说‘地面被踏平，灌木枝被折断，一切都证明那儿曾有过一场搏斗’，可那条裙子和那条围巾竟被发现好像是挂在衣架上似的。‘被荆丛撕下的几块套裙布片一般有 3 英寸宽 6 英寸长，其中一块是裾边，上面有缝补过的痕迹……它们看上去像是一条条被撕下来……’《太阳报》无意之间用了一个非常可疑的句子。像所描写的一样，那些布片的确看上去像是一条条被撕下来的，却是被一双手故意撕下来的。从我们所说的那种外套上，单凭一根刺就‘撕下’一块，那可真是千古奇闻。从这类织物的质地来看，扎进去的荆刺或钉子通常会撕出一个直角，撕出两道其一端在扎刺点形成直角的长裂缝，但几乎难以想象那块布会被‘撕下’。我从不知道有这种事，你也不知道。要从这种织物上撕下一块，几乎毫无例外地需要两股方向不同的力。如果那块织物有两道未缝合的边，譬如假定那是一块手绢，这时，也只有在这时，才可望凭一股力量就撕下一块。可我们眼下所讨论的是一件套裙，它只有下摆一道边。若要从当中没边的地方撕下一块，那除非由几根刺来创造一个奇迹，而一根刺绝不可能办到。但即使是在靠近裾边的地方，也必须得有两根刺才行，其中一根作用于两个方向，另一根作用于一个方向。而这还得假定那裾边未经卷缝。若经卷缝，则不可能撕下布片。由此可见，要单凭‘刺’的作用就从衣服上‘撕下’布片有多少障碍，有多么困难。可《太阳报》却要我们相信这样撕下的不仅是一块，而且是许多块。并且其中一块是裾边！另外有一块是从裙子上撕下的，但不是裙边。这就是说，那完全是凭刺的力量从裙子当中没有边的位置撕下来的！恐怕这种事情别人不信也情有可原。但冷静地看，凶手谨慎地想到弄走尸体，却把死者那些东西一股脑留在树林中，与这一惊人的情况相比，我上面所说的那些事情也许就并非使我们生疑的最有说服力的根据。不过，你若是以为我的意图就是要否定那片树林即凶杀现场，那你就还没有正确领会我的意图。树林里说不定有过一桩邪恶。或更可能是德吕克太太的客栈里发生过一起暴行。可事实上这并非最重要的问题。我们答应那位局长的不是寻找作案现场，而是查明杀人凶手。我刚才所引用的事实尽管琐细，但实际上只有两个目的，其一是证明《太阳报》自信而轻率的断言是多么愚蠢，但主要目的还在其二，那就是要让你顺着一条最自然的思路进一步去思索这桩凶杀是或者不是一伙人所为。

“我们只稍稍提一下那位医生在验尸时所验证的那个令人恶心的细节，以此来简单谈谈这个问题。这问题唯一有必要说的，就是他在验尸报告中关于歹徒人数的推断受到了巴黎所有著名解剖学家理所当然的嘲笑，他们认为该推断说法失当，毫无根据。这并非说事情不可能像所推断的那样，而是说没有提供推断的根据。难道没有做出另一种判断的充分根据？

“现在让我们来看看那些‘搏斗的痕迹’。请问人们认为这些痕迹证明了什么？一伙歹徒。可难道它们不是相反地证明并没有一伙歹徒？在一名娇弱无力的姑娘和那群想象中的歹徒之间，能够发生一场什么样的搏斗？那场搏斗得多么激烈，得延续多久，才能够到处留下‘痕迹’？几条粗壮的胳膊没声没息地一使劲儿，那姑娘顷刻间就会香消玉殒。所以那姑娘当时肯定是完全由他们摆布。这下你可以记住，我关于那片树林不是作案现场的论述，主要是用来证明那不是‘一伙人’作案的现场。如果我们推测凶手只有一人，那我们就可以想象，也只有这样才能想象那场非常激烈而顽强从而留下明显‘痕迹’的搏斗。

“另外，我已经讲过，那些东西居然被完全留在后来发现它们的那片树林中，这一事实足以使人生疑。看上去那些罪证几乎不可能是被偶然留在那儿的。凶手当时镇静（谅必如此）的程度足以想到转移尸体，却让一件比尸体（其容貌特征也许很快就会被腐烂消除）更确凿的罪证明明白白地留在了作案现场，我说的是那块绣着死者姓名的手绢。如果这是个偶然，那不会是一伙人的偶然。我们只能设想这仅是一个人的偶然。我们来看看是怎么回事。一个人犯下了这桩凶杀罪。他独自和死者的尸体在一起。尸体一动不动地躺在他跟前，这使他感到了惊骇。他胸中的狂怒平息，这下心里自然产生出那种害怕死人的常情。他没有那种合伙犯罪时必然会激发的胆量。他独自和死者在一起。他浑身发抖,手足无措。可是他必须得处理掉尸体。他把尸体弄到河边，却把其他罪证留在了身后。因为，即使并非全然不可能，要一下子带走那全部累赘也有困难，而待会儿回去取则很容易。可就在他拖着尸体朝河边走时，他心中越发感到恐惧。一路上仿佛四下里都有人声。他不时地听见或以为听见一个旁观者的脚步声。甚至对岸城里的灯火也使他心慌。他内心极度痛苦，不时走走停停，但总算及时到达了河边，并处理了那个可怕的包袱，也许凭借一条小船。但此时此刻，天底下还有什么金银财宝，天底下还有什么天网恢恢之威胁，能有力量怂恿那孤独的杀人者再次踏上那条艰难而危险的路，重返那片茂密的树林，重返那个血淋淋的记忆？他不会回去，管它后果是什么，即便他想回去也不能回去。他唯一的念头就是马上逃离那个地方。他转过身,永远不再面对那片可怕的树林，像逃避天罚似的逃之夭夭。

“可要是一伙歹徒又会怎么样呢？人多势众会激发他们的胆量，如果那种十足的恶棍心中竟然缺乏胆量的话。而假定中的那帮歹徒则全由十足的恶棍组成。

恐怕他们的人数会阻止他们像我刚才设想的那个单身凶手那样手足无措，惊恐万状。即便我们能假设他们中一人、两人或三人有什么疏忽，这个疏忽也会被第四个人察觉并纠正。他们不会让任何东西留在身后，因为他们人多，可以一次把东西全带走。他们用不着重返那片树林。

“现在来看看尸体被发现时那件套裙的情况，‘从套裙裾边一直到腰部被撕成一条宽约一英尺的长带……顺着腰间绕了三圈，在背后系成了一个结’。这样做的用意显然是为了弄出一个搬尸体的把手。可要是有几个人，他能想到使用这样一种方法吗？只要有三四个人，死者的手脚就足以被当作把手，而且是最合适的把手。这种方法只有一个人时才会采用。而这又为我解释了这个事实：‘从灌木丛到河边的篱笆围栏被推倒，地上有重物拖过的痕迹！’可几个人能够轻而易举地把一具尸体抬过任何篱笆，他们干吗要多此一举把篱笆推倒？他们干吗要那样拖曳尸体，以至于一路留下拖过东西的明显痕迹？

“说到这儿我不得不提到《商报》的一个观察结论，一个我已经稍稍论及过的结论。这家报纸说：从那个不幸姑娘的衬裙上撕下的一条布带被扎在她的颏下，并且绕过她的脑后，这样做很可能是为了防止她喊叫。

由此可见，凶手是一帮身边没带手绢的家伙。

“我先前已经说过，一个十足的流氓绝不会不带手绢。可这不是我现在着重要谈的问题。我要说的是，掉在树林里的那块手绢清楚地表明，凶手之所以用这条布带，并不是像《商报》所臆测的那样因为缺少一块手绢，而且其目的也并非‘为了防止她喊叫’，因为要防止她喊叫本有更好的方法，可凶手却优先采用了这条布带。证词里是以这样的措辞谈到这条布带的，‘被发现松松地缠在死者脖子上，并打了一个死结’。这种说法相当含混，但与《商报》的说法明显不同。这条布带有 18 英寸宽，所以虽说是细布，但顺着叠起来或卷起来仍会是一根结实的带子。它被发现时正是这样卷着。我的推断是：那名孤独的凶手用捆在尸体腰间的长带为把手，扛着尸体走了一段路（或是从树林出发或是从别的什么地点），这时他发现用这种方法对他来说太吃力了。于是他决定拖着尸体走，证据也表明尸体曾被拖曳。既然改为拖，那就有必要在尸体的一端系上根绳子之类的东西，而且最好是系在脖子上，这样头就可以防止绳子滑脱。这时凶手无疑会想到捆在尸体腰间的那根长带。要不是那根长带在尸体腰间缠了几圈，要不是那个结一时难以解开，要不是他突然想到长带并未被撕离套裙，他也许用的就是那根长带了。从衬裙上另撕一条布带非常容易。他撕下一条，把它系在尸体的脖子上，就那样把被害人拖到了河边。这条费了一番手脚才弄成却并不理想的‘布带’既然被使用，那就证明必须使用它的情况产生之时正处于一段没法再拿到那块手绢的时间。换言之，就是像我们所假定的那样，是在离开树林之后（如果离开的是树林的话），是在从树林去河边的路上。

“可你会说德吕克太太的证词特别指出，在那桩凶杀案发生之时或发生前后，树林附近出现过一群无赖。这一点我承认。我看，在那场悲剧发生之时或发生期间，在鲁尔门附近或者其周围，像德吕克太太所描述的那种无赖恐怕不下十帮。但是，尽管德吕克太太的证词稍嫌太晚且并不可靠，可招来严厉谴责的无赖却只有一帮，即被那位诚实而细心的老太太说成是吃了她的饼，喝了她的酒，而没有劳神费心向她付账的那一帮。老太太的愤怒不就因为他们赖账？

“可德吕克太太准确的证词是怎么说的呢？‘客栈里来了一帮无赖之徒，他们吵吵嚷嚷地吃喝了一通，没有付账便顺着那对青年男女离去的方向而去，傍晚时分他们又返回客栈，然后匆匆忙忙划船过河。’

“当时那份‘匆忙’在德吕克太太眼里很可能会显得过分匆忙，因为她正伤心地念叨着她被掠夺的饼和酒。她很可能还心存一线希望，希望她的饼和酒得到补偿。要不，既然已是傍晚时分，又何言什么匆匆忙忙？这丝毫也没有理由感到惊奇，当要划一条小船渡过一条大河，当暴风雨迫近，当夜晚即将来临，即使一帮无赖也会忙着回家。

“我说即将来临，因为夜晚还没到。那帮‘恶棍’有失体统的匆忙刺痛德吕克太太的眼睛时还只不过是傍晚时分。但我们被告知就在那天晚上，德吕克太太和她的大儿子‘曾听到客栈附近传来一个女人的尖叫’。关于听见那个尖叫声的具体时间，德吕克太太原话是怎样说的呢？她说，‘那天天黑不久’。可‘天黑不久’至少是已经天黑，而‘傍晚时分’则当然是白天。所以问题非常清楚，那帮人离开鲁尔门在先，而德吕克太太听见尖叫声在后。尽管在许多关于这段证词的报道中，这两个相关的措辞也是像我刚才对你说话时这样区别使用的，但迄今为止，尚无任何一家报纸或任何一名警探注意到了这个不能自圆其说的矛盾。

“对我关于不是一伙人作案的论证，我只再补充一点。不过至少在我自己看来，这一点具有完全不可否认的分量。在悬有重赏的情况下，在供出同伙并出庭做证就能得到赦免的条件下，不用推测也可以断定，作案的若是一帮歹徒或任何什么团伙，那他们中很快就会有人出卖其同伙。这个出卖者倒并非完全是贪图赏金或企求赦免，而主要是担心被同伙出卖。他越早出卖其他同伙就能越早保证自己不被其他同伙出卖。这个秘密迄今尚未揭穿，这证明它的的确确是个秘密。这个邪恶的秘密只有一个人或两个人知道，另外还有上帝知晓。

“现在让我们来总结一下这番条分缕析所得到的虽不充分但确实无疑的收获。我们已经得出了这样一个概念，无论是德吕克太太客栈里的一幕悲剧还是鲁尔门附近树林里的一桩谋杀，都是由死者的一个情人，或至少是由死者的一个秘密相好所为。这名相好的皮肤黝黑。这黝黑的皮肤，长带上的‘结’，以及那个用帽带系成的‘水手结’，都说明那人很可能是名海员。他与死者这样一个风流但并不下贱的姑娘厮混，说明他的地位在普通水手之上。那些行文流畅且迫不及待地寄给报馆的信也可以充分证实这点。《信使报》所提及的第一次私奔的情况，有助于我们把这名海员与上次勾引这位薄命女郎私奔的那名‘海军军官’联想到一起。

“说到这儿我们有必要来看一看那个黑皮肤的他为何一直不见踪影。让我们认真注意那人的皮肤是非常黑，能被车夫瓦朗斯和德吕克太太同时作为唯一特征记住，这绝不会是一般的皮肤黝黑。可为什么这个人不见踪影？他难道也被那伙人杀害？若是那样，为何又只见那位遇害姑娘的痕迹？若两人都遇害，那当然应该是在同一地点。可他的尸体上哪儿去了？凶手很可能会把两具尸体按同一方法处理。但我们也可以说那人还活着，只是害怕被指控谋杀而不敢露面。他这种担心现在可以被视为理所当然（只是在事后的现在），因为已有人证明曾看见他和玛丽在一起，但在凶杀刚发生之后这种担心却不合情理。一名无辜者的第一反应应该是马上报案，并协助警方辨认凶手。他应该想到这是上策。他已经被人看见与那姑娘在一起。他是和她一道乘公共渡轮过的塞纳河。甚至一个白痴也能看出，及时报案才是使自己免遭怀疑的最可靠而且也是唯一的途径。我们不可能认为他在那个不幸的星期天晚上完全是清白无辜，对凶杀案一无所知。然而，只有在上述情况下我们才可能想象他既然活着又为何没去报案。

"我们应该以什么方法去探明那个真相呢？只要按上述情况推敲，我们就会发现那些终将使事情水落石出、真相大白的方法。首先让我们对第一次私奔的经过一查到底。让我们弄清那名'军官'过去的历史、现在的情况，以及凶杀案发生时他的行踪。让我们对寄给《晚报》的那些指控此案系一伙人所为的不同信件进行一番仔细的逐一比较。然后让我们把这些信的风格和笔迹与先前寄给《晨报》那些坚持要归罪于梅奈的信件来一番对照。接下来让我们把这些不同的信件与那名已经查明的军官的手迹相比。让我们反复地询问德吕克太太和她的儿子以及马车夫瓦朗斯，尽力问出那个‘黑皮肤男人’更确切的相貌特征。巧妙的提问不会不从他们口中诱出这方面（或其他方面）的情况，也许连他们自己也以为自己不了解的情况。而最后则让我们去追查那条船，即被驳船管理员于6月23日星期一上午拾到，而又于尸体被发现之前在管理处人员不知并且没有舵轮的情况下被人弄走的那条船。只要适当小心并坚持不懈，我们必然会找到那条船，因为不仅拾到船的驳船管理员认识它，而且它的舵轮在我们手中。一条帆船丢了舵轮，一般人绝不会若无其事，连问也不问。请让我在此插一个问题。管理处并没有刊登过这条船的招领广告。船被拖回驳船管理处就像它后来被人弄走一样并无旁人知晓。可那条船的主人或租用人，怎么可能在没看广告的情况下于星期二一大早就得知星期一拾到的那条船停泊在什么地方呢？除非我们想到那个驳船管理处与海军方面有某种联系，某种使其枝节小事都在对方知晓范围的经常性的个人联系。

“在谈到那个孤独的凶手把尸体拖到河边时，我已经说过些利用一条船的可能性。现在我们得认为玛丽·罗热就是从一条船上给抛进河里的。事情当然应该是这样。把尸体丢在河边浅水中达不到匿尸的目的。死者背部和肩部的奇怪伤痕是与船底肋条摩擦的结果。尸体被发现没缚有重物也可以证实这种看法。如果是从岸上抛尸，尸体上就应该缚有重物。对于没缚重物的原因，我们现在只能假设是由于凶手离岸前忘了在船上带上重物。当他动手推尸体下水之时，他无疑也注意到了自己的疏失，可当时手边又没有补救的办法。他甘愿冒任何风险也不愿再回到那该死的对岸。他可能是抛掉尸体之后就驾船匆匆回城，在某个僻静的码头弃船上岸。可那条船，他会系上吗？他当时也许还惊魂未定，顾不上去系好一条小船。何况把船系在那个码头，他会觉得是留下了对他不利的证据。他当然会希望把所有与他犯罪相关的东西都尽可能地远远抛开。他不仅自己要逃离那个码头，而且也不会容许把船留在那儿。结果他肯定是让那条船顺水漂去。让我们接着这样来设想。第二天上午，那凶手惊恐地得知那条船已经被人拾到，而且就扣在他天天都要去的一个地方，一个也许他的职责使他经常去的地方。到夜里他偷偷弄走那条船，也没敢去讨那个舵轮。此刻这条没舵轮的船会在何处？现在就让它成为我们首先要找的目标。当我们第一眼看见这条小船之际，也就是我们成功曙光显露之时。这条船将以一种快得连我们自己也吃惊的速度，指引我们很快查出在那个不幸的星期日午夜使用过它的人。随后确证会接二连三地出现，凶手终将被我们找到。”

［编者按：鉴于不宜说明但对多数读者都不言而喻的原因，我们在此处冒昧地从作者手稿中删去了讲述迪潘根据获得的一点线索查出凶手的那一部分。本刊认为对删去的部分只需交代两句：预想的结局果然出现。警察局长虽说勉强，但仍然如期履行了他与迪潘爵士协议之条款。下文是坡先生这篇小说的结尾。］[1]

读者将会明白，我讲的是巧合，仅此而已。我在上文中对这一话题肯定讲得够多了。我心中并不相信超乎自然。自然是自然，上帝乃上帝，这一点会思想的人都不会否认。创造自然的上帝能随意支配或者改易自然，这一点也是毋庸置疑。我说“随意”，因为这是意志问题，而不是逻辑狂所设想的权力问题。并非上帝不能改易其法则，而是我们在设想一种可能必要

1　此按由最初发表这篇小说的杂志所加。——原注

的改动时会亵渎上帝。上帝的法则在被创造之初就包含了会出现在“未来”的全部偶然。在上帝眼中，一切都是“现在”。

所以我重申，我讲述这些事情仅仅是把它们作为偶然之巧合。此外，读者将会从我的叙述中看到，就已知的命运而言，在不幸的玛丽·塞西莉娅·罗杰斯的命运和一个叫玛丽·罗热的姑娘生命中某一时期的命运之间，一直存在着一条平行线，当人们感觉出这条平行线之不可思议的精确性时，其理性便会感到尴尬。我说这一切将会被看到。但当看到上述时期中的那个玛丽的悲惨遭遇时，当看到包裹着她的那层迷雾被拨开之时，读者千万别猜测我是想暗示那条平行线之伸延，别以为我想暗示采用巴黎追查杀害一名女店员的方法，或采用以任何相似的推理为根据的方法，就可以得到相似的结果。

因为，就这种猜测的后半部分而论，读者应该考虑到，这两个案子中哪怕事实上最细微的一点变化也会改变两件事发展的进程，从而得出许多错误的推论。这很像演算一道算术题，一个本身也许微不足道的错误数字，由于在运算过程中与其他各数相乘，结果会产生出一个与正确得数相去甚远的数字。而就这种猜测的前半部分而论，我们得务必牢记，我曾提到过的那种概率计算法不容许任何延伸那条平行线的念头，它绝对断然地不容许以那条已被人为拉长并被弄得精确无误的平行线来作为其计算比例。这是那些不规则定理中的一条，它表面上似乎迎合完全除开数学之外的思想，可实际上只有数学家才能对它充分了解。例如，最难的事莫过于让一般读者相信，一个赌客掷骰子时连续两次掷出六点的事实就是让注，赌他第三次再也掷不出六点的充分理由。这样的打赌提议通常会被有智之士断然拒绝。在他们看来，那已经被掷过的两次点数，那现在已经绝对属于“过去”的两次点数，似乎并不能影响仅仅还存在于“未来”的一掷。掷出六点的概率似乎与平时完全一样，就是说它只受骰子可能掷出的其他不同点数的影响。这是一种显得那么清晰明白的见解，所以想驳倒它的试图引起的往往是人们的嘲笑，而不是任何类似尊敬的反应。对这里所讲到的这种谬见，对这种意味着灾祸的谬见，我不能自称能在这有限的篇幅中将其揭穿，而且出于明智也无须揭穿。也许说出下面这句话就已足够：在“理性”纤悉无遗的求真路上所产生的无数谬误中，这种谬见构成其中的一环。

被窃之信

智者所恨莫过于机灵过头。

——塞内加

18×× 年秋，一个凉风阵阵的傍晚，天刚黑之际，在巴黎圣热尔曼区迪诺街 33 号四楼我朋友那间小小的后书房或者说藏书室里，我和朋友 C. 奥古斯特·迪潘一道，正在享受着双重的愉悦，一边沉思冥想，一边吸着海泡石烟斗。至少有一个小时，我们保持着一种完全的沉默。当时在任何偶然目击者的眼中，我俩说不定都显得是全神贯注地沉浸在污染了一屋空气的缭绕烟圈之中。可就我自己而论，我正在琢磨黄昏初临之时我俩所谈论的某些话题。我指的是莫格街事件，以及玛丽·罗热谋杀案之不可思议。所以，当我们的房门被推开并走进我们的老熟人、巴黎警察局长 G 先生之时，我认为那真是一种巧合。

我们对他表示了由衷的欢迎，因为此君虽说讨厌，但也颇有风趣，而且我们有好几年没看见过他了。我俩一直坐在黑暗之中，此时迪潘起身想去点灯，可一听 G 的来意便重新坐下，G 说他登门拜访是要就某件已引起大量麻烦的公事向我们请教，更确切地说是想征求迪潘的意见。

“如果是件需要动脑筋的事，”迪潘忍住没点燃灯芯，“那我们最好还是在暗中来琢磨。”

“这又是你的一个怪念头。”警察局长说。他习惯把凡是他理解不了的事情都称之为“怪”，而且就那样生活在一大堆“怪事”当中。

“非常正确。”迪潘一边说一边递给客人一只烟斗，并推给他一把舒适的椅子。

“这次是什么难题？”我问，“我希望别又是什么谋杀案。”

“哦，不，不是那种事。其实这件事非常简单，我相信我们自己也能处理得够好，不过我认为迪潘会喜欢听听这事的详情，因为这事是那么古怪。”

“既简单又古怪。”迪潘说。

“嘿，是的，可又不尽然。实际上我们都感到非常棘手，因为事情是那么简单，而我们却束手无策。”

“也许正是事情非常简单，反而使你们不知所措。”我的朋友说。

“你胡说八道些什么！”警察局长一边应答一边开

怀大笑。

“也许这个秘密有点儿太公开。”迪潘说。

“哦，天哪！谁听说过这种高见？”

“有点儿太不证自明。”

“嘿嘿嘿！呵呵呵！哈哈哈！”我们的客人乐不可支，纵声大笑，“哎哟，迪潘，你早晚得把我笑死！”

“你要说的到底是什么事？”我问。

“嘿，我就告诉你们吧，”警察局长答道，随之沉思着慢慢吐出长长一口烟，在椅子上坐了下来，“我三言两语就可以告诉你们，但在我开始之前，请允许我提醒你们，这是一件需要绝对保密的事，要是让人知道我向谁透露了此事，我眼下这个位置很可能就保不住了。”

“讲吧。”我说。

“要么别讲。”迪潘道。

“这个，好吧，这消息是一名地位很高的要人亲口告诉我的，王宫里一份绝顶重要的文件被人窃走。窃件人是谁已经知道，这一点确凿无疑。他是在有人目睹的情况下窃走文件的。另外还知道，那份文件还在他手里。”

“这何以得知？”迪潘问。

“这显然是根据文件的性质推断而得知，”警察局长回答，“根据文件一旦被窃贼转手便会立即引起的某些后果尚未出现这一事实，也就是说，根据他正按照其最终必然会利用那份文件的计划在对其加以利用这一事实。”

“请稍稍讲明白一点。”我说。

“好吧，我可以斗胆说到这个程度，那份文件会使窃件人在某一方面获得某种权力，而这种权力之大不可估量。”警察局长爱用外交辞令。

“我还是不大明白。”迪潘说。

“不大明白？好吧，倘若把那份文件泄露给一位我们不便称名道姓的第三者，那有位显要人物的名誉就将受到怀疑，而这一事实使文件之持有者现在能摆布那位名誉和安宁都如此岌岌可危的显要人物。”

“但这种摆布，”我插话道，“大概得依赖于窃件人确知失窃者知道他就是窃贼。可谁敢……”

“这个窃贼，”G说，“就是D大臣，他什么事都敢做，不管那是不是一个男子汉该做的事。他这次偷窃手段之巧妙不亚于其大胆。我们所说的那份文件，坦率地说，是一封信，一封那位失去它的要人独自在王宫时收到的信。她正在读信，突然被另一位要人的出现所打断，而这个高贵的人物正是她最不想令其见到那封信的人。慌乱中她未能将信塞进抽屉，只好把已拆开的信放在了桌上。不过朝上的一面是姓名地址，因此信的内容并没有暴露，从而没引起那位高贵人物的注意。就在此时D大臣走了进来。他锐利的眼睛一下子就看到了桌上的信件，认出了写地址姓名的笔迹，觉察到了收信人的惶遽，并揣摩出了她的秘密。在按他通常的方式匆匆办完几件公事之后，他取出一封与桌上信件有几分相似的信，并将其拆开假装读了一阵，然后把它放在桌上那封信旁边。接着他又就公务谈了大约有15分钟。最后告辞之时，他从桌上取走了那封不属于他的信。那信的合法所有人眼睁睁看他把信拿走，可当着那位就站在她身边的第三者，她当然没敢声张此事。那位大臣溜了，把他自己的那封信（一封无关紧要的信）留在了桌上。”

“那么，”迪潘对我说，“这下正好有了你刚才所要求的那种实现摆布的先决条件，即窃信人确知失信人知道他就是窃贼。”

“是的，”警察局长答道，“而凭这种摆布所获取的权力，几个月来一直被用于政治上的意图，已经到了一种非常危险的地步。失信的那位要人一天比一天更清楚地认识到收回那封信的必要性。但是这事当然不能公开进行，最后被逼得走投无路，她就把这事托付给我来处理。”

“除了你，”迪潘在一大团缭绕翻卷的烟雾中说，“我看再也找不到，甚至再也想不到更精明能干的办事人了。”

“你是在奉承我，”警察局长答道，“但说不定有人一直持有这种看法。”

“显而易见，”我说，“正如你所言，那封信依然在那位大臣手里，因为正是这种占有，而不是其他任何形式的利用，使他获得那份权力。信一旦另作他用，那份权力也就失去。”

“的确如此，”G说道，“我着手此事也正是基于这种确信。我首先考虑的就是要彻底搜查那位大臣的宅邸。而在这点上，我主要的为难之处就在于搜查必须在不为主人所知的情况下进行，我事先就已经警觉到，要是落下把柄，让他怀疑到我们的意图，那将会招来危险的后果。”

“可是，”我说，“你在这方面是真正的专家。巴黎警方以前也经常进行这类调查。”

“那倒也是，因此我没有丧失信心。那位大臣的习惯也给了我可乘之机。他常常整夜不在家。他的仆人并不太多。他们睡觉的地方离主人的房间有一段距离，而且他们大多是那不勒斯人，很容易被灌醉。正如你们所知，我有能打开巴黎任何房间或任何橱柜的钥匙。

三个月来，没有一天晚上我不是大部分时间都在亲自参加对D家宅邸的搜查。这件事关系到我的名誉，而且，实不相瞒，那笔酬金数目很大。因此我一直没放弃搜寻，直到最后我终于相信这个窃贼的确比我机灵。我认为我已经搜遍了那座宅邸里能藏匿那封信件的每个角落。”

“但是，有没有这种可能，”我委婉地启发道，“尽管那封信也许在那位大臣手里，正如毫无疑问的那样，可他说不定会把信藏在别处，而没有藏在他自己家里？”

“这几乎不可能，”迪潘说，“照眼下宫中的特殊情况来看，尤其是从已知有D卷入的那些阴谋来看，那封信应该藏在他身边，以便他伸手可及，随时可取，因为这点与占有那封信几乎同样重要。”

“随时可取？”我问。

“也就是说，随时可销毁。”迪潘说。

“完全正确，”我说，“由此可见那封信显然是在他家里。至于那位大臣随身带信，我们可以认为这毫无可能。”

“完全不可能，”警察局长说，“他已经连遭两次抢劫，仿佛是遇上了拦路强盗，他在我亲自监视下被严格地搜过身。”

“你本该省掉这份麻烦，”迪潘说，“我相信D不完全是个白痴，既然如此，他一定会理所当然地料到这些拦路抢劫。”

“不完全是个白痴，”G说，“可他是个诗人，而我认为诗人和白痴也就只差那么一步。”

“言之有理，”迪潘若有所思地从海泡石烟斗深深吸了口烟，“尽管我自己也愚不可及地写了些打油诗。”

“你详细谈谈搜查的经过吧。”我说。

“当然，事实上我们搜得很慢，而且我们搜遍了每一个地方。对这种事我有长期的经验。我对那幢房子是一个房间一个房间地搜，每个房间都花了七个晚上。我们首先是检查房间里的家具。我们打开了每一个可能存在的抽屉，我相信你们也知道，对一名训练有素的警探，像秘密抽屉之类的把戏不可能有秘密可言。谁若是在这种搜查中竟允许一个‘秘密’抽屉从眼皮下滑过，那他准是个笨蛋。这种事非常简单。每一个橱柜都有一定的体积，都占一定的空间。再说我们有高精度的量尺。一根线的五十分之一的差异都逃不过我们的眼睛。搜完橱柜我们又检查椅子。椅垫都被探针一一戳过，就是你们看见我用过的那种精巧的长针。我们还卸下桌面。”

“干吗要卸下桌面？”

“有时候，桌面或是其他家具类似的板面会被想藏东西的人卸开，然后把柱脚凿空，把东西放进空洞，再把板面重新装上。床柱的柱脚和柱顶也可按此同样的方式加以利用。”

“可难道不能凭声音查出空洞？”我问。

“要是放入东西后，周围再填足够的棉花，那就听不出来了。再说，我们这次搜查绝不能弄出任何声响。”

“但你们总不能卸下——总不能把所有可能按你所说的方式藏匿东西的家具都统统拆开。一封信可以被缩卷成一个细细的纸卷，形状及大小和一根粗一点的编织针差不多，这样它便可以，譬如说可以被嵌进椅子的横档。你们没把所有的椅子都拆散吧？”

“当然没有，可我们干得更好。借助于一枚高倍放大镜，我们检查了那幢房子里每一把椅子的横档，实际上是检查了各种家具的全部接榫。若是有任何新近动过的痕迹，我们都会马上检查出来。譬如说，一粒钻孔留下的尘末，看起来会像一个苹果那样明显。黏合处的任何细微差异，接榫处的任何异常缝隙，都保证会被我们查出。”

“我相信你们注意到了镜子的镜面和底板之间，刺过了卧床和床上的被褥，也没有放过窗帘和地毯。”

“那是当然。我们用这种方式彻底检查完所有的家具之后，又检查了那幢房子本身。我们把房子的整个表面划成区片，编上号码，从而不漏查任何一部分，然后细查了整个宅邸的每一平方英寸，包括毗连的两幢附属房屋。我们和先前一样借助了放大镜。”

“毗连的两幢房屋！”我失声道，“你们准费了不少力。”

“是费力不少，可那笔酬金也高得惊人。”

“你们查过了房屋周围的地面吗？”

“所有的地面都铺了砖。这没给我们造成什么麻烦。我们检查了砖缝间的青苔，发现全都没被动过。”

“你们当然查过 D 的文件，而且查过他书房里那些书？”

“的确如此，我们打开了每一个文件包和文件夹。我们不仅打开了每一本书，而且每一本都逐页翻过，而不是像我们有些警官那样，只把书抖抖就算了事。我们还非常准确地测量了每本书封面的厚度，并用放大镜进行过最挑剔的查看。要是有哪本书的装帧新近动过，那它绝对不可能逃过我们的眼睛。有五六本刚被重新装订过的书，我们都用探针小心翼翼地纵向刺过。”

“你们查过地毯下面的地板吗？”

“那还用说。我们掀开了每一块地毯，所有地板都用放大镜看过。”

“那么墙纸呢？”

“查过。”

“你们查过地窖吗？”

“也查过。”

“那么，”我说，“你肯定是失算了，那封信并不像你所认为的那样藏在那座住宅里。”

“恐怕这点上你是对的，”警察局长说，“而现在，迪潘，你说我该怎么办？”

“再把那幢住宅彻底搜一遍。”

“这绝无必要，”G 回答，“我确信那封信不在那座宅邸，就像我确信自己还在呼吸一样。”

“那我就没有更好的主意了。”迪潘说，“当然，你一定知道那封信准确的特征？”

“哦，是的！”警察局长说着掏出一本备忘录，开始大声念出那封失窃信件的内面，尤其表面的详细特征。他念完那番描述不久就神情沮丧地告辞了，我从未见过这位快活的绅士如此垂头丧气。

大约一个月之后他再次来访，发现我俩几乎和上次一样待在屋里。他拿了一只烟斗，在椅子上坐下，开始和我们闲聊了起来。最后我说：

“对啦，G 那封被窃之信怎么样了？我想，你最终已经承认，同那位大臣钩心斗角你绝不是对手？”

“见他的鬼！我得说，是的，可我仍然按迪潘的建议重新搜查了那幢宅邸，但不出我所料，全是白费力气。”

“提供的那笔酬金是多少，你说过吗？”迪潘问。

“嗯，一笔大数，一笔非常慷慨的酬金，我不想说出具体数目，但有一点我可以说，无论是谁能给我弄到那封信，我不惜开给他一张5万法郎的私人支票。实际上，这事正变得一天比一天要紧。最近那笔酬金已翻成了两倍。可即使是翻成三倍，我能做的都已经做了。”

“哦，是吗？”迪潘一边吸海泡石烟斗，一边拖长声音，“其实……其实我真认为，G，就此事而论，你还没竭尽全力。你可以……我认为，再稍稍努把力，嗯？”

“怎么努力？朝哪个方面？”

“哦……噗……你可以……噗……就此事向人讨教嘛，嗯？……噗，噗，噗。你记得人们讲的阿伯内西[1]那个故事吗？”

“不。该死的阿伯内西！”

“当然！你尽可以说他该死。可从前有个阔绰的守财奴竟想揩他的油，挖空心思想骗阿伯内西白白为他

1　阿伯内西（John Abenerthy，1764—1831），英国著名医生。

开一张处方。为此在一次私人交往中，他趁聊家常之机巧妙地向这位医生述说了自己的病情，装作是在讲一名假设患者的症状。”

“我们可以假定，那个守财奴说，他的症状就是这样。那么，大夫，你说他该讨什么药？”

“讨什么药！”阿伯内西回道，“那当然应该向医生讨教。”

“可是，”警察局长略为不安地说，“我是非常乐意向人讨教，而且真心愿意为此付钱。任何人能够帮我办这事，我会实实在在地给他5万法郎。”

“要是那样的话，”迪潘说着拉开一个抽屉，取出一本支票簿，“你最好照你刚才说的那个数填张支票给我。等你在支票上签好名，我就把那封信给你。”

我大吃一惊，而警察局长则完全像是遭了雷击。他好几分钟没吭一声，而且一动不动，只是大张着嘴不相信地盯着我的朋友，那对眼珠仿佛都快从眼窝里迸出来了。过了一会儿他似乎多少恢复了神志，抓起一支笔，接着又踌躇了片刻，狐疑地看了我朋友几眼，最后终于填了一张5万法郎的支票，签上名后隔着桌子把它递给了迪潘。迪潘仔细地看过支票并将其夹入了自己的钱包，然后用钥匙打开书桌的分格抽屉，从里面取出一封信交给警察局长。这位官员大喜过望地一把抓过信，用颤抖的手把它展开。他匆匆看了一眼信的内容，然后急急忙忙、跌跌撞撞奔向门边，终于不顾礼节地冲出了我们的房间和那幢房子。自从迪潘要他填支票时起，他就没说过一个字。

他走之后，我的朋友开始解释此事。

“巴黎的警察自有他们的能干之处，”他说，“他们坚忍不拔，足智多谋，聪明老练，而且完全精通他们那行似乎应该具备的知识。所以当 G 向我们讲述他搜查 D 那些房屋所用的方法时，我完全确信他已经进行了一次符合要求的调查，就他所作的努力而论。”

“就他的所作的努力而论？”我问。

“对，”迪潘道，“他们不仅采用了他们最好的方法，而且实施过程也无可挑剔。要是那封信藏在他们的搜寻范围之内，这些家伙毫无疑问会把它找出。”

对他所言我只是付之一笑，他却显得相当认真。

“所以，”他继续道，“那些方法本身是好的，实施过程也无可指责，其不足之处就在于那些方法不适用于此案此人。一套良策妙法在这位局长手中就像一张普罗克儒斯忒斯[1]的床，他总是把他的计划斩头削足地

---

1 普罗克儒斯忒斯（Procrustes），希腊神话中的巨人强盗，他把羁留的旅客缚在床上，体长者被截下肢，体短者则被拉长。“普罗克儒斯忒斯的床”比喻生搬硬套，削足适履。

硬塞进去。可对手中正在处理的事情，他总是不断重复着要么操之过急要么浅尝辄止的错误，连许多小学生都比他会推理。我曾认识一个8岁左右的孩子，他玩‘猜单猜双’的游戏几乎是百猜百中，赢得人人叹服。这种游戏很简单，是用弹子来玩。游戏的一方手中捏弹子若干，要求另一方猜出弹子是单数还是双数。猜的人若是猜对便赢得一颗弹子，若是猜错便输掉一颗。我说的那个孩子把全校所有的弹子都赢了过去。当然他有他猜测的原理，而这个原理仅在于观察和估量对手的机灵程度。比方说他的对手是个十足的傻瓜，这傻瓜伸出握紧的手掌问：‘是单是双？’我们这位小学生猜‘单’并且输了，可他第二次就赢了，因为他当时寻思：‘这傻瓜第一次已出了双数，而他那点机灵只够他在第二次出单数，所以我要猜单。’结果他猜单而且赢了。但若是遇上个比前一个傻瓜稍聪明一点的笨蛋，他就会这样来推究：‘这家伙看到我第一次猜的是单，他这第二次的第一冲动也会像刚才那个傻瓜一样，打算来一个由双到单的简单变化，但他的第二念头会告诉他这变化太简单，因而他最后会决定照旧出双。所以我要猜双。’于是他猜双而且赢了。那么，这名被他的伙伴们称为‘幸运儿’的小学生的这种推理模式，归根到底是怎么一回事呢？”

“这只是推理者将其智力等同于对手的智力所产生的一种自居心理。”我说。

“正是，”迪潘道，“当我问那孩子他凭什么方法产生出保证他成功的那种精确的自居心理之时，我得到了如下回答：‘我要想知道任何一个人有多聪明，有多傻，有多好，有多坏，或是他当时脑子里在想什么，我就让我的脸上尽可能惟妙惟肖地露出与他脸上相同的表情，然后我就等着，看脑子里出现什么念头似乎与那种表情相配，或是心里产生出什么感情好像与那种表情相称。’这名小学生的回答便是拉罗什富科[1]、拉布吕耶尔[2]、马基雅弗利[3]和康帕内拉[4]所具有的全部假深奥之基础。”

“如果我对你所言理解正确的话，”我说，“这种推理者将自身智力等同于对手智力的自居心理，依赖于对对手智力估量的准确性。”

“就其实用性而言，这种准确性是关键，”迪潘回

1 拉罗什富科（La Rochefoucauld，1613—1680）法国伦理学家，著有《箴言录》5卷。

2 拉布吕耶尔（La Bruyère，1645—1696），法国作家，著有《品格论》等。

3 马基雅弗利（Niccolò Machiavelli，1469—1527），意大利学者，著有《君主论》等。

4 康帕内拉（T. Campanella，1568—1639），意大利哲学家，著有《太阳城》等。

答，“而警察局长及其手下如此屡屡失误，首先是因为缺乏这种自居心理，其次是因为对对手的智力估计不当，更正确地说是由于压根儿没去估计。他们只考虑自己的神机妙算，在搜寻任何藏匿之物的时候，想到的只是自己会采用的藏匿模式。他们在这一点上是对的，那就是他们的神机妙算忠实地体现了大多数人的锦囊妙计，可要是遇上罪犯的计谋与他们的心路相异，那罪犯当然会挫败他们。若那计谋高他们一招，这种挫败更不可避免。即便那计谋逊他们一筹，这种挫败也屡见不鲜。他们进行调查的原则始终一成不变，即使被某种紧急情况催迫（被某笔高额赏金驱使），他们充其量也只会把他们习惯的那套老办法铺得更开，拉得更长，而不会去触及他们的原则。比如在这次 D 案中，他们的所作所为有哪一点改变了其行动原则呢？钻孔、刺眼、测量、用放大镜观察、把房屋表面划分成编上号的一个个平方英寸，这一切，除了说是那个或那套搜寻原则在运用时的变本加厉之外，还能说是什么呢？而这种原则难道不是建立在那位局长在其长期的公务中所习惯的对人类心智的一整套看法？你难道没有看出，他理所当然地认为，任何人要藏一封信，即便不是不折不扣地藏在椅脚上钻出的空洞里，至少也是藏在那个念头所启示的另外某一个洞穴或角落？

你难道没有看出，这种秘密的藏物之处只适合一般情况，而且只被智力平平的人采用，因为在所有的藏匿物品案中，物品的这种藏法（以这种秘密的藏法）总是最先被假定并被推测出的。因而所藏物品之发现并不依赖搜寻者的敏锐，仅仅依赖他们的细心、耐心和决心。而每逢案情重大，或者说因为巨额赏金使案情在警方眼中显得重大，还从不知道有过失去这种细心、耐心和决心的时候。你现在肯定已明白了我要说的意思，假若那被窃之信藏匿在那位局长搜寻范围之内的任何地方，换言之，假若其藏匿原则包括在警察局长那套原则之中，那它的被发现就会是一件毫无疑问的事。可这位局长大人已完全被弄得莫名其妙，而他受挫的间接原因就在于他推测那位大臣是个白痴，因为该大臣素有诗人的名望。白痴皆诗人，警察局长这么认为，并因此而得出诗人皆白痴的结论，从而彻底地犯了一个叫作‘中项不周延’的逻辑错误。”

“可此人真是诗人吗？”我问，“据我所知他们是两兄弟，两人都以博学多才而闻名。我想这位大臣曾颇有见地写过微分学方面的专论。他是个数学家，而不是诗人。”

“你弄错了。我对他非常了解，他两者都是。作为诗人兼数学家他历来善于推理，若仅仅是个数学家，那他压根儿就不会推理，而这样他也许早就由那位长官摆布了。”

“你真令我吃惊，”我说，“这种见解一直被世人群起而攻之。你总不至于要蔑视千百年来举世公认的看法。数学推理早已被视为最完善的推理方法。”

“‘可以断定，’”迪潘引用尚福尔的一句原话作为回答，“‘所有流行的见解和公认的惯例都是蠢话，因为它们适合大多数人。’[1]不错，数学家们一直不遗余力地散播你所提到的这个流行的谬误，这个谬误虽被当作真理传播，但归根结底还是谬误。譬如，他们以一种本值得用于更好目的的心计，巧妙地把‘解析’这个术语悄悄挪用于‘代数’。法国人是偷换这个术语的创始人。但是，如果说一个术语还有其重要性，如果说字眼从其应用性中衍生出什么含义，那么，‘解析’本身就包含‘代数’之意，这差不多就像拉丁文‘ambitus’含有‘野心’之意，‘religio’含有‘宗教’之意，或像‘homines honesti’含有‘体面人’的意思一样。”

“我明白了，”我说，“你是在同巴黎的一些代数学家进行一场争论，但请说下去。”

1　语出法国作家尚福尔（Chamfort，1741—1794）所著《箴言与逸事》（*Pensées, maximes et anecdotes*，1795）第 2 卷第 42 章。

“除了抽象逻辑形式的推理之外，我对根植于其他任何特殊形式的推理之实用性表示怀疑，因而也怀疑它们的价值。我尤其怀疑由数学研究演绎而出的推理。数学是研究空间形式和数量关系的科学，数学推理仅仅是用来观察形式和数量的逻辑推理。世人之大错在于竟把那种所谓的纯代数之真理视为抽象真理或普遍真理。这种错误是如此荒谬绝伦，以至它被接受之普遍性着实令我惶惑。数学公理并非普遍真理之公理。譬如，形式和数量关系中的真理，于伦理学则常常是十足的谬误。在伦理学中，各部分相加之和等于整体这一公理几乎不能成立。这公理在化学中也不足为理。在考虑动机时，这公理也不适用，因为两个各有其既定价值的动机，加在一起的价值未必就等于二者各自价值之和。还有许多其他的数学真理也只有在研究关系的范畴内才成其为真理。但数学家据自己的有限真理进行争论之时，都出于习惯地认为它们似乎具有绝对普遍的实用性，正如世人实际上所想象的那样。布赖恩特在其博大精深的《神话》[1] 中提到了一个类似的谬误根源，他说：‘尽管异教徒的神话纯属子虚，我们却

---

1 即英国学者雅各布·布赖恩特（Jacob Bryant，1715—1804）所著《一个新体系，或古代神话分析》（*A New System, or, an Analysis of Ancient Mythology*，1774—1776）。

不断地忘乎所以并把它们当作存在的现实，并从中做出推论。’但对这些本身就是异教徒的代数家们来说，‘异教神话’是可信的，他们从中做出推论与其说是由于记忆差错，不如说是因为一种莫名其妙的头脑糊涂。总之，我还没遇见过一位除了求等根之外能信得过的数学家，也不知道有哪位数学家不暗中坚信 $x^2 + px$ 绝对无条件等于 q。请你不妨试试，去对那些先生中的某一位说你认为可能会出现 $x^2 + px$ 不尽然等于 q 的情况，而且一旦让他明白你的意思你就尽快溜走，因为毫无疑问，他会竭力把你驳倒。”

当我只是对他最后一句话付之一笑时，迪潘继续道：“我的意思是说，如果那位大臣仅仅是名数学家，那么警察局长就没有必要给我这张支票。但我知道他既是数学家又是诗人，因而我用的办法很适合他的智力，同时也考虑到了他所处的环境。我还知道他是个猾吏佞臣，是一个无耻的阴谋家。我认为这样一个人不可能不了解警方行动的常规模式。他不可能不料到，而事实已经证明他的确料到了，他会遭到拦路抢劫。我想，他肯定也预料到了他的住宅会被秘密搜查。他常常不在家过夜被警察局长喜滋滋地认为是助他成功的良机，可我只把它视为诡计，他是故意向警方提供彻底搜查的机会，以便更快地让他们确信那封信并没有藏在家里，事实上G最后果然上当。还有我刚才用心对你讲的关于警方搜赃行动之不变原则的那一连串想法，我觉得这些想法也必定会在那位大臣脑子里一一闪过。这必然会使他看不上通常藏匿物品的那些犄角旮旯。我想他不可能这么愚钝，竟然看不出在警察局长的探针、木钻和放大镜前，他那宅邸里最偏僻隐秘的角落也会像最普通的橱柜一样暴露无遗。总而言之我看出，即便不是出于深思熟虑的选择，他也会理所当然地被迫求简。你大概记得我们与警察局长第一次会谈时他是如何狂笑，就是当我向他暗示这难题令他棘手很可能正是因为其不证自明的那个时候。”

“记得，”我说，“我记得他当时那股乐劲儿。我真以为他会笑得抽筋。”

“物质世界，”迪潘继续道，“有很多地方与非物质世界极其相似，因此修辞定义便被赋予了某种真实的意味，隐喻或明喻不但可以用来给描述润色，也可以用来增强论证的效果。譬如，惯性原理在物理学中和在形而上学中似乎是相同的。在物理学中，一个质量大的物体比一个质量较小的物体更难以启动，而启动后的动量与启动的难度相称；在形而上学中也有同样的情况，智能较高者在运用其智力时比智能较低者更有力，更持久，而且更富于变化，但在其行进的最初几步中，他们却更不容易起步，更显得窘迫，更多优柔寡断。还有，你是否注意过街头商店门上的招牌，哪一种最引人注目？”

“我从来没注意过这事。”我说。

“有一种在地图上玩的找字游戏，”迪潘接着讲，“玩的一方要求另一方找出一个指定的字眼，城镇、河流或国家的名称，总之就是那花花绿绿、错综复杂的地图表面上的任何字眼。玩这种游戏的新手为了难住对方，通常都是指定一些字号最小的名字，但老手往往挑那些从地图的一端伸到另一端的大号字印的地名。这些地名就像街上那些字形太大的招牌和广告一样，由于过分明显反而不被人注意；这种视觉上的疏虞和心智上的失慎完全相同，那些过分彰明较著、不言而喻的考虑往往会被智者所忽略。不过警察局长对这一点似乎没法领会，或是不屑于去领会。他压根儿就不会想到那位大臣很可能，或者说有可能，把所窃之信就放在众人的眼皮底下，用这种最好的办法来防止别人发现。

“可我越是想到 D 那种锐气十足且有胆有识的老谋深算，就越是想到他要充分利用那信就必然会始终把它放在身边这一事实；越是想到警察局长已给出的确证，即信并没有藏在他的常规搜寻范围之内，我就越是确信那位大臣会用欲擒故纵的妙计，大模大样地把信摆在显眼的地方。

“心中有数之后，我备了一副绿色镜片的眼镜，并在一个晴朗的上午非常偶然地去那位大臣的府邸拜访。我发现D在家，像平时一样打着哈欠懒洋洋地在屋里闲荡，装出一副无聊透顶的样子。其实在活着的人当中，他也许是精力最充沛的一个，不过只有在没人看见时他才会那样。

“为了和他旗鼓相当，我抱怨自己眼睛弱视，并为必须戴眼镜而悲叹了一番，同时我表面上只顾跟主人说话，暗地里却在眼镜的遮掩下留心把房间彻底扫视了一遍。

“我特别注意他座位旁边的一张大书桌，桌面上杂乱无章地放着一些书信和文件，另有一两件乐器和几本书。然而，经过长时间周密而仔细的观察，我并没有发现任何可疑之处。

“最后，当我再次扫视房间之时，我的目光落在了一个纸板做的华而不实的卡片架上，那个卡片架由一根脏兮兮的蓝色缎带悬挂在壁炉架正中稍低一点的一个小铜球雕饰上。在这个分成三四格的卡片架里插着五六张名片和一封孤零零的信。此信又脏又皱，几乎从中间撕成两半，仿佛信的主人开始觉得它没用，打算把它撕碎，但转念一想又改变主意将它留了下来。信上印着一枚大黑图章，清楚地呈现出 D 姓名首写字母的拼合图案，信上的收信人地址是一位女性娟秀的笔迹，收信者正是 D 大臣本人。信被漫不经心地，甚至好像是被不屑一顾地插在卡片架的最上一格。

“我一看见此信就立刻断定它就是我要找的那封。诚然，它看上去与警察局长为我们详细描述的那封信完全不同。这封信上的印章又大又黑，图案是 D 的名字首写字母的拼合，而那封信上的印章又小又红，图案是 S 家族的公爵纹章。这封信的收信人是大臣本人，写地址姓名的笔迹纤细娟秀，而那封信的收信人是一名王室成员，写姓名地址的字迹粗犷刚劲。两信唯一的相似之处就是大小相同。然而，那些不同之处未免太过分了。那信又脏又皱而且还被撕开一半的样子与 D 实际上井井有条的习性极不相符，让人不由得想到这是企图要蒙骗看到信的人，使其误认为此信毫无价值。这些情况，连同该信让来者一眼就能看到的过分突出的位置，加之与我先前的断定如此一致，所有这些情况，如我刚才所言，在一个心存疑窦的来者眼里，都足以证实心中的怀疑。我尽可能地拖长做客的时间，一边就一个我深信大臣不会不感兴趣的话题与他高谈阔论，一边却把注意力真正集中在那封信上。在这次观察中，我记住了信的外貌和它插入卡片架的样子，而且最后我还有一个忽然的发现，这发现消除了我心中也许还残存的任何一丝疑惑。在细看那封信的四边之时，我注意到它们的磨损似乎超过了应有的程度。它们所呈现的那种磨损就像有人把一张硬纸先叠好再用折叠器压过，然后又翻过一面按先前的折痕重新叠过。这个发现足以使我清楚地看出，此信就像一只手套那样被人翻过，把里面翻到外面，然后重写地址姓名，重新加封盖印。于是我向大臣道过日安，匆匆告辞，把一个金鼻烟盒留在了那张桌上。

“第二天上午我专程去取那个烟盒，两人又急切地重新谈起了前一天的话题。可是当我们正谈得起劲，忽听紧挨着宅邸的窗下传来一声巨响，像是一把手枪射击的声音，随之是一阵可怕的尖叫和街上人群的大声呼喊。D 冲向一扇窗户，将其推开并朝外张望。与此同时我走到卡片架跟前，抽出那封信放进我的口袋，然后把一封一模一样的信（就其外表而言）插在了原来的位置。假信是我在家里精心复制好的，我用面包做假印，很容易就模仿了 D 的图章。

“街上那阵骚乱是由一名带滑膛枪的人胡作非为所引起的。他在妇孺群中开了一枪。可后来证明枪里没装弹丸，那家伙也就被当作疯子或酒鬼随他去了。他走之后 D 才离开窗口，而我刚才一拿到信就跟着他站到了窗边。此后没过多久我就向他告辞。那个装疯的人是我花钱雇来的。”

“可是，”我问，“你用一封假信去掉包有何意义？你第一次拜访时抓过信就走不是更好吗？”

“D 是个亡命之徒，”迪潘回答，“而且遇事沉着果敢。再说，他府上也不乏对他忠心耿耿的奴仆。如果我照你说的那样贸然行事，那我很可能不会活着与那位大臣分手。善良的巴黎人说不定就再也不会听谁说起我了。不过除了这些考虑我还有一个目的。你知道我的政治倾向。在这件事中，我充当了那位当事的夫人的坚决支持者。这位大臣已经把她摆布了 18 个月。现在该由她来摆布他了。因为，由于不知道所窃之信已不在自己手中，他将一如既往地继续对她进行讹诈。这样他马上就会不可避免地导致自己政治上的灭亡。他的垮台将使他感到突然，但更会使他感到难堪。下地狱容易，这话说得真好。不过在各种各样的攀缘钻营中，那就正如卡塔拉尼[1]谈到唱歌时所说的那样，升高比降低要容易得多。就眼下之例而言，我对他的垮台毫不同情，至少毫不怜悯。他就是维吉尔说的那种‘可

1 卡塔拉尼（Angelica Catalani，1780—1849），意大利著名女高音歌唱家，曾在《费加罗的婚礼》中饰苏珊娜。

怕的怪物'[1]，一个没有德行的天才。可我得承认，我非常想知道，当他被那位警察局长称为'某位要人'的她嗤之以鼻时，当他被逼得只好打开我为他留在卡片架上的那封信时，他心里会有一番什么感想。"

"怎么？难道你在信中写了什么不成？"

"当然，让里面一片空白似乎很不恰当，那岂不是显得无礼。D 曾经在维也纳做过一件有损于我的事，我当时曾平心静气地对他说我不会忘记。所以，既然我知道他会对是谁赢了他而感到好奇，我觉得不给他留一条线索未免遗憾。他非常熟悉我的笔迹，于是我只在那面白纸中央抄写了一句话：

如此歹毒之计，若比不过阿特柔斯，也配得上堤厄斯忒斯。

这句话可见于克雷比永的《阿特柔斯》[2]。"

---

1 语出维吉尔《伊尼特》第 6 卷第 658 行。

2 即法国剧作家克雷比永（Crébillon，1674—1762）根据希腊神话写成的悲剧《阿特柔斯与堤厄斯忒斯》（*Atrée et Thyeste*，1707）。剧中堤厄斯忒斯诱奸了其兄迈锡国王阿特柔斯之妻。作为报复，阿特柔斯杀了堤厄斯忒斯的三个儿子并烹熟让其食之。

你就是凶手

我现在要扮演俄狄浦斯，像他解开斯芬克司之谜那样来解开嘎吱镇之谜。我要详细地向你们讲述（因为只有我才能讲述）造成了嘎吱镇奇事的那个计谋之秘密，而正是这件真正的、公认的、无可争辩而且毋庸置疑的奇事，干脆利落地结束了嘎吱镇居民没有信仰的历史，使所有那些曾铤而走险怀疑教义的凡夫俗子皈依了老祖母们信奉的正教。

这件奇事，这桩我遗憾地要用一种与之不相称的油腔滑调来详述的事件，发生在 18×× 年夏天。巴纳巴斯·沙特尔沃思先生，这位嘎吱镇最为富有而且最受尊敬的镇民，在一种使人们怀疑到一桩奸诈暴行的情况下失踪已经有好几天了。沙特尔沃思先生于一个星期六大清早骑马从嘎吱镇出发，宣称他要去约 15 英里外的某城，当天晚上返回。但在他出发两小时之后，他的马空鞍回镇，出发时捆扎在马背上的鞍囊早不翼而飞。那匹马也受了伤，浑身沾满了泥。这些情况自然在失踪者的朋友中引起了极大的恐慌，而当星期天上午过去还不见他回来，全镇人便成群结队要去寻找他的尸体。

最先并最起劲提出搜寻建议的是沙特尔沃思先生的知心朋友，一位名叫查尔斯·古德费洛的先生，或者照一般的称呼叫他"查利·好好先生",或"老查利·好好先生"[1]。我直到今天也没能够弄明白这是不是一个惊人的巧合，或者说名字本身是否对性格有一种无形的影响。但无可非议的事实是：从来没有一个叫查尔斯的人不豁达，不勇敢，不诚实，不和蔼，不坦率，不无一副清脆而响亮并且闻之有益的嗓子，不无一双总是直视在你脸上的眼睛，那眼睛好像在说："我问心无愧，从不做一件亏心事，不怕这世上任何人。"所以，舞台上那些精神饱满且无忧无虑的"龙套先生"十之八九都叫查尔斯。

且说"老查利·好好先生"，尽管他移居嘎吱镇尚不足半年或只有半年左右，尽管镇上人对他来这儿之前的情况一无所知，可他却毫不费力就结识了镇上

1　古德费洛之原文 Goodfellow 意即"好人"。

所有有身份的人。男人们在任何时候对他都言听计从，至于那些女人，很难说她们不会对他有求必应。而这一切都因为他受洗礼时被命名为查尔斯，因为他因此而拥有的那副众人皆知是“最佳推荐信”的老实巴交的面孔。

我已经说过，沙特尔沃思先生是嘎吱镇最体面且无疑也是最有钱的人，而“老查利·好好先生”与他关系之亲密就好像他从来就是他兄弟。这两位老绅士乃隔壁邻居，不过沙特尔沃思先生很少（如果有的话）拜访“老查利”，而且据知从不曾在他家吃过一顿饭。但这并没有阻止这一对朋友像我刚才所说的那样情同手足，因为“老查利”没有一天不三次或四次登门看望他的邻居过得如何，而且每每留下来用早餐或茶点，并几乎总是在那儿吃晚饭，至于说这对挚友每次喝多少酒，那就难说了。老查利最喜欢喝的是马尔哥堡葡萄酒，看见老朋友按其一贯喝法一夸脱接一夸脱地开怀畅饮，这似乎对沙特尔沃思先生的心脏有好处。于是有一天，当葡萄酒流进而智慧作为一种必然结果多少流出之时，他拍着老朋友的背说：“让我告诉你真话，老查利，你是我有生以来遇上的最好最好的朋友，既然你喜欢喝马尔哥堡葡萄酒，我要不送你一大箱就让我不得好死。上帝做证。”（沙特尔沃思先生有个爱诅咒发誓的坏习惯，尽管他的咒语誓言很少超出“让我不得好死”、“上帝做证”或“老天在上”这几句话。）“上帝做证，”他说，“我要不今天下午就给城里送去订单，预购一大箱所能弄到的最好的那种酒，作为送给你的一件礼物，就让我不得好死，我会的！你现在什么也别说，我会的，我可以肯定，这事就算定了。你就等着吧，酒会在某个好日子送到你跟前，恰好在你最不想它的时候！”我在此稍稍提及沙特尔沃思先生的慷慨，仅仅是为了向你们证明这两位朋友之间是多么心心相印。

好啦，就在我们所说的那个星期天上午，当人们清楚地意识到沙特尔沃思先生已身遭不测的时候，我绝没看见任何人像“老查利·好好先生”那样悲痛欲绝。当他起初听说那匹马空鞍而回并且没有了主人的鞍囊，听说它挨了一枪因而浑身是血，听说那颗手枪子弹穿过它的胸部而没有要它的命——当他听说这一切之时，他的脸白得好像那位失踪者真是他亲兄弟或亲爹似的，他浑身上下直哆嗦，仿佛正在发一场疟疾。

一开始他完全被悲伤所压倒，以至于他不能够采取任何行动，或决定任何行动计划，所以在很长一段时间内，他尽力劝说沙特尔沃思先生的其他朋友不要轻举妄动，把这事往好处想，再等一等，比方说等待一个或两个星期，或者观望一个或两个月，看是否有什么事情发生，或看沙特尔沃思先生是否会安然无恙地回来，并解释他让马先回家的原因。我敢说各位读者一定常常看到那些被巨大悲痛所压倒的人采取这种权宜之计，或拖延之策。他们的智力似乎变得麻木，所以他们害怕采取任何行动，而只喜欢静静地躺在床上，像老太太们所说的那样“将息他们的悲痛”，也就是说，沉思他们的不幸。

实际上，嘎吱镇人是那么高度地评价“老查利”的智慧和谨慎，以至大多数人都有意听从他的劝阻，不轻举妄动，“直到什么事发生”，正如那位诚实的老绅士所言。而我认为，若不是沙特尔沃思先生的外甥，一个行为放荡、名声不好的青年，非常可疑地干涉，那老绅士的话终究会成为全体的决定。这个姓彭尼费瑟尔的外甥对“等待观望”等理由一概不听，坚持要马上开始搜寻“被谋杀者的尸体”，这是他使用的措辞。而古德费洛先生当即就敏锐地评论道，这只是对此事表达的“一家之言”。老查利的这一评论对公众产生了极大的影响，只听当时就有人令人难忘地质问：“年轻的彭尼费瑟尔先生何以如此清楚地知晓关于他有钱的舅舅失踪的全部情况，以至于他认为有权明确无误地宣称他舅舅是‘被谋杀’？”于是乎一些无聊的争吵斗嘴在人群中发生，而争得最厉害的就是“老查利”和彭尼费瑟尔先生。不过这两人的争执实际上并不新鲜，因为他俩相互心存芥蒂已有三四个月，甚至事态曾一度急转直下，以至于彭尼费瑟尔先生竟然把他舅舅的朋友打翻在地，理由是后者在他舅舅家里过分随便，而这个外甥就住在他舅舅家里。据说那次“老查利”表现出了堪称楷模的克制和基督教徒的宽容。他从地上爬起来，整理好衣服，丝毫没试图以牙还牙，只是嘀咕了一句“君子报仇，十年不晚”。这句咕噜是一种自然而然且合情合理的发泄，但并不具有任何意义，而且毫无疑问，那话说过也就被忘了。

不管以前的情况怎样（那些情况与眼下的争论毫不相干），现在完全肯定的是，主要由于彭尼费瑟尔先生的说服，嘎吱镇人终于决定分头去附近乡下寻找失踪的沙特尔沃思先生。如我前面所说，他们一开始就做出了这个决定。在完全决定要进行一次搜寻之后，搜寻者应该分头去找便几乎被认为是理所当然的事，也就是说，把搜寻者分成几组，以便更彻底地搜遍周围地区。但我现在已记不清“老查利”是用什么样一番理由终于让大伙儿相信分头寻找是最不明智的计划。不过他的确说服了大伙儿（除了彭尼费瑟尔先生之外），最后做出了决定，搜寻应该由结成一队的镇民极其小心并非常彻底地进行，全队人马由“老查利”引路。

对于搜寻这样的事，不可能有比“老查利”更合适的向导了，因为人人都知道他有一双山猫的眼睛，但是，尽管他领着大伙儿走过了许多无人曾想到存在于附近的小路，钻进了各种各样荒僻的洞穴和角落，尽管那场搜索夜以继日不间歇地进行了差不多一个星期，可仍然未能发现沙特尔沃思先生的踪迹。当我说没有发现踪迹，千万别从字面上理解我的意思，因为在某种程度上，踪迹肯定是有的。人们曾跟着那位可怜的绅士的马蹄印（蹄印很特别），顺着通往城里的大道来到嘎吱镇东面大约 3 英里远的一个地方。马蹄印从那里拐上了一条穿过一片树林的小路，小路从树林的另一头钻出再上大道，抄了约有半英里的近路。大伙儿跟着马蹄印拐上小路，最后来到了一个污浊的池塘边，池塘被小路右边的荆丛半遮半掩，而马蹄印在池塘对面则踪迹全无。不过，池边好像发生过一场某种性质的搏斗，似乎有某种比人体更大更重的物体从小路上被拖到了池边。池塘被仔细地探捞过两遍，可结果没发现任何东西。失望之余大伙儿正要离开，这时神灵授予古德费洛先生排干池水的权宜之计。这一方案被大伙儿欣然接受，并伴随着许多对“老查利”之英明考虑的恭维之词。由于考虑到可能需要挖掘尸体，许多镇民都随身带着铁锹，所以排水非常容易并很快见效。池底刚一露出人们就发现泥淖正中有一件黑色的丝绒背心，几乎在场的每个人都一眼认出那是彭尼费瑟尔先生的东西。这件背心多处被撕破并凝有血迹，有好几个人都清楚地记得在沙特尔沃思先生进城去的那天早晨，彭尼费瑟尔穿的正是这件背心。而另有一些人表示，如果必要，他们愿发誓证明彭先生在那令人难忘的一天剩下的其余时间内再没穿过这件背心，同时未能发现任何人宣称，在沙特尔沃思先生失踪以后的任何时间看见过那件背心穿在彭先生身上。

此时情况对彭尼费瑟尔先生来说非常严峻，当对他的怀疑变得明白无疑之时，人们注意到他的脸色变得煞白，而当问他有什么话要说之时，他压根儿没法说出一个字眼。于是，他的放荡生活让他的几个朋友立即把他抛弃，甚至比他公开的夙敌还更起劲儿地吵着要求马上把他拘捕。但与之相反，古德费洛先生的宽宏大量在对照之下更闪射出夺目的光彩。他极富同情心并且极有说服力地为彭尼费瑟尔先生进行了一场辩护，在辩护中他不止一次地提到他本人郑重地宽恕那名放荡的年轻绅士，那位“富有的沙特尔沃思先生的继承人”，宽恕他（那年轻绅士）无疑是因一时感情冲动而认为有理由施加于他（古德费洛先生）的那次侮辱。他打心眼儿里原谅彭尼费瑟尔先生的那次过失，所以他虽然遗憾地认为情况对彭尼费瑟尔先生非常不利，但他非但不会落井下石，反而要尽其所能做出每一分努力，充分运用他所拥有的那么一点口才，并尽可能地凭着良心去——去——去缓和这一的确非常复杂的事件的最坏情况。

古德费洛先生以这种足以为他的头脑和心灵增光的调门儿一口气讲了半个多小时，但你们所谓的那种热心人慷慨陈词时很少能恰如其分，为朋友帮忙的激情常常使他们头脑发热，使他们说出各种各样不合时宜的错话，因此他们往往怀着世界上最良好的愿望，结果却做出适得其反的事情。

在眼下这个实例中，“老查利”的一番雄辩结果就是如此。因为，尽管他竭尽全力为那名嫌疑人辩护，但不知怎么回事，他发出的每一个音节中都包含着一种直露却无意识的倾向，这非但没为他赢得听众好评，反而加深了人们对他为之辩护的那名嫌疑人的嫌疑，激起了公众对那名嫌疑人的义愤。

这位雄辩家所犯的最莫名其妙的一个错误，就是间接地把那名嫌疑人称作“富有的沙特尔沃思先生的继承人”。其实在此之前，人们根本没想到这点。他们只记得那位当舅舅的（他除了这个外甥别无亲属）在一两年前曾威胁过要取消外甥的继承权，所以他们一直以为这份继承权的剥夺是一个既成事实（嘎吱镇人就是这般实心实意）。但“老查利”的话使他们马上就开始考虑这个问题，并由此而看出那些威胁不过是一种威胁的可能性。于是“cui bono”这个必然的问题便立即被提出，这个问题甚至比那件背心更有助于把这桩可怕的谋杀罪加在那个年轻人头上。在此，为了我不致被误解，请允许我稍稍说几句题外话，我刚才使用的那个极其简短的拉丁短语历来被无一例外地误译和误解。“cui bono”在所有一流小说中和在别的什么地方都被误译，譬如在戈尔夫人（《塞西尔》之作者）的那些书中。戈尔夫人是一位爱引用从闪族语到契卡索语等所有语言的女士，是一位“按其所需”、依照一个系统的计划、在贝克福德先生的帮助下做学问的女士[1]。正如我刚才所说，在所有一流小说中，从布尔沃和狄更斯的巨著，到特纳彭尼和安斯沃斯的大作，cui bono这两个小小的拉丁词都被译成“为何目的”或是（像quo bono一样）译成“有什么好处”。然而，cui bono真正的意思是“对谁有利”。cui——对谁；

1 英国小说家戈尔夫人（Catherine Grace Frances Gore，1799—1861）于1841年出版的《塞西尔》（*Cecil, or, The Adventures of a Coxcomb*）曾被指控抄袭了贝克福德（William Beckford，1760—1844）的著名哥特式小说《瓦提克》（*Vathek*，1786）。

bono——有利。这是一个纯粹的法律术语，恰好适用于我们现在所考虑的这种案例。在这类案例中，某人做某事的可能性，视此人受益的可能性或该事完成所产生的利益而定。在眼下这个实例中，cui bono 这个问题非常直截了当地牵涉到彭尼费瑟尔先生。他舅舅在立下了有利于他的遗嘱后曾以剥夺其继承权对他进行过威胁。但那个威胁实际上并没有被付诸行动，原来所立的遗嘱看来并没被更改。如果遗嘱被更改，那可以假定的这名嫌疑人的谋杀动机就只能是通常的报复，可这一动机恰好可以被他重新讨得舅舅的欢心这一希望所抵消。但在遗嘱未被更改，而更改之威胁却仍然悬在这个外甥头顶的情况下，一个最有可能的杀人动机便立刻出现：这就是嘎吱镇那些体面的镇民所得出的具有洞察力的结论。

于是彭尼费瑟尔先生被当场捉拿，人们继续搜寻了一阵之后便押着他开始返程。然而在回镇的路上，又发生了一件更有助于证实现有怀疑的事。古德费洛先生热情洋溢，总是比众人走得稍前一点，人们见他突然朝前冲了几步，弯下腰，然后显然是从草丛间拾起了一样小东西。人们还注意到，他匆匆把那东西打量了一眼就企图将其藏进他的外衣口袋。但正如我所说，他的这一举动被人注意到并随之被阻止，这时人们发现他所拾之物是一把西班牙折刀，当即就有12个人认出那把刀属于彭尼费瑟尔先生。另外，刀柄上刻着他姓名的首写字母，刀刃张开着，上面凝有血迹。

现在这个外甥的杀人之罪已不容置疑，一回到嘎吱镇，他就被扭送到地方法官的跟前受审。

情况在这里再次急转直下。当那名嫌疑人被问及在沙特尔沃思先生失踪的那天上午他的行踪时，他竟然胆大包天地承认当天上午他带着步枪外出猎鹿，地点就在凭着古德费洛先生的英明发现了那件染血背心的池塘附近。

这时古德费洛先生两眼噙着泪花走出人群，要求对他进行查问。他说，他对他的上帝，至少对他的同胞，所怀有的一种不可动摇的责任感不允许他再继续保持沉默。迄今为止，他心中对这个年轻人所怀有的最真挚的爱（尽管后者曾无礼地对待他）一直诱使他做出每一种可能想到的假设，以期解释已证明对彭尼费瑟尔先生那么不利的可疑的原因，但这些情况现在已太令人信服，太确凿不移，所以他不愿再优柔寡断，他要把他所知道的一切都和盘托出，尽管他的心（好好先生的心）绝对会在这一艰难的尝试中裂成碎片。然后他继续陈述，在沙特尔沃思先生离镇进城去的前一天下午，那位富有的老绅士在他（古德费洛先生）听力所及的距离内向他的外甥提到了他第二天进城的目的，说他是要把数目非常大的一笔钱存入“农工银行”，当时沙特尔沃思先生还明白无误地向外甥宣布了他废除原立遗嘱、剥夺他继承权的不可更改的决定。他（证人）现在庄严地请求被告声明他（证人）刚才之陈述是否在每个实质性细节上都完全属实。令在场每一个人都大吃一惊的是，彭尼费瑟尔先生直言不讳承认证词属实。

这时法官认为他有责任派两名警察去搜查被告位于他舅舅家里的居室。搜查者几乎马上就带回了那个众人皆知那位老绅士多年来一直习惯带在身边的加有钢边的褐色皮革钱夹。但钱夹里的钱早已被取出，法官白费了一番力气追问被告把钱都花在了什么地方，或者把它们藏在了什么地点。实际上被告对钱夹之事矢口否认。警察还在被告的床褥之间发现了一件衬衫和一条围巾，两样东西上都有被告姓名的首写字母，两样东西都可怕地浸染着被害人的鲜血。

就在这个时刻，有人宣布被害人那匹马因枪伤不愈而刚刚死于马厩，古德费洛先生就马上提议应该立即对死马进行解剖验尸，看是否有可能找到那粒弹丸。解剖随之而进行，仿佛是要证明被告之罪确凿无疑，古德费洛先生在死马的胸腔内仔细探寻一阵之后，居然发现并取出了一粒尺寸非常特别的弹丸。经过验证，发现那粒弹丸正好与彭尼费瑟尔先生那支步枪的口径吻合，而对镇上和镇子附近所有的枪来说都显太大。然而使这件事更确信的是，弹丸上被发现有一条凹线或裂缝与通常铸弹的接缝成直角相交，而经过验证，这条凹线与被告承认为自己所有的一副铸模内的一条凸线或隆线完全吻合。找到这粒子弹后，主审法官便拒绝再听任何进一步的证词，并当即决定把嫌疑人交付审判，开庭之前绝对不准许保释。不过这个严厉的决定遭到了古德费洛先生的强烈抗议，他愿意充当保释人并提供任何数目的保释金。“老查利”的这番慷慨大方只不过与他客居嘎吱镇以来所表现出的全部仁慈而豪爽的行为保持了一致。在眼前这番慷慨中，这位高尚的人完全被他极度的同情之心弄昏了头脑，以至于他似乎忽略了一个事实：当他要为他年轻的朋友提供保释金之时，他（古德费洛先生）在这个世界上所拥有的财产还不值一美元。

被告被拘押之结果也许很容易预见。在二审开庭时，彭尼费瑟尔先生在嘎吱镇人的一片唾骂声中被押送去接受审判，当时大量详尽的证据已被另一些确凿的事实所加强，因为古德费洛先生敏感的良心不允许他对法庭隐瞒那些事实，结果证据被认为无可置疑，不容辩诉，以至于陪审团没有离席商议就立即宣布了“一级谋杀罪”的裁决。那个不幸的人很快就被判处死刑，并押回监狱等待那不可避免的惩罚。

与此同时，“老查利·好好先生”的高尚行为使嘎吱镇正直的居民们对他更加爱戴。他受欢迎的程度比以前增加了10倍。而作为他备受礼遇的一个必然结果，他好像是迫不得已地松懈了在此之前他的贫穷一直驱使他奉行的过分节俭的习惯，开始三天两头地在自己家里举行小型聚会，这时情趣和欢乐便无以复加。当然，当客人们偶然想到那不幸并令人伤感的命运正逼近这位慷慨主人的已故好友的外甥之时，欢乐的气氛便会稍稍减弱。

这位高尚的老绅士惊喜交加地收到了如下来信：

嘎吱镇查尔斯·古德费洛先生收

H. F. B公司寄发

马尔哥堡酒，A级，一等，瓶数：六打

亲爱的查尔斯·古德费洛先生：

依照我们尊敬的客户沙特尔沃思先生约两月前递交敝公司的一份订单，我们荣幸地于今晨向贵府发送一箱贴紫色封条的羚羊牌马尔哥堡葡萄酒。箱上数码及标志如信笺上端。

您永远忠顺的仆人

霍格斯·弗罗格斯及博格斯公司

18××年6月21日　于××城

又及：货箱将于您收悉此信之次日由货车送达。请代我们向沙特尔沃思先生致意。

H. F. B公司

其实自从沙特尔沃思先生死后，古德费洛先生已放弃了收到他许诺过的马尔哥堡葡萄酒的全部希望，所以现在他把这份礼物视为一种上帝对他的特殊恩惠。他当然欣喜若狂，狂喜之中他邀请了一大群朋友第二天上他家参加一个小型晚宴，以便为好心的老沙特尔沃思先生的礼物启封。这并不是说他在发出邀请时提到了“好心的老沙特尔沃思先生”。事实上他经过深思熟虑，决定对此事只字不提。如果我没记错的话，他未曾向任何人提及他收到的马尔哥堡葡萄酒是一件礼物。他只是请朋友去帮他喝一些质量上乘、味道极佳的美酒，这酒是他两个月前从城里订购的，而他将于次日收到订货。我常常绞尽脑汁地猜测，为什么“老查利”当时会决定对老朋友送酒一事守口如瓶，但我一直未能准确推断出他保持沉默的原因，不过他无疑有某种极其充分并非常高尚的理由。

第二天终于来临，接着一大群非常体面的人聚到了古德费洛先生家中。我本人当时也在场。然而，令主人“老查利”大为光火的是，直到很晚那箱马尔哥堡葡萄酒才送到，而当时由他提供的那顿奢侈的晚餐已经让每一位客人都酒足饭饱。不过酒终于来了，而且是那么巨大的一箱。全体客人兴致都极高，一致决定应该把酒箱抬上餐桌，并立即取出箱内的东西。

说干就干，我也帮上了一把。转眼之间，我们已把箱子抬上了餐桌，放到了被喝空的酒瓶和酒杯中间，结果有不少酒瓶酒杯在这阵忙乱中被打碎。这时早已喝得醉眼昏花、满脸通红的“老查利”在餐桌的首端坐了下来，露出一副故作威严的神态，用一个圆酒瓶使劲敲打桌面，呼吁全体客人“在掘宝仪式期间”遵守秩序。

在一阵大叫大嚷之后，人们终于完全安定下来，就像在此类情况下通常发生的那样，出现了一种静得出奇的死寂。接着我被请求去打开箱盖，我当然“怀着无限的喜悦”遵命行事。我插进一把凿子，再用榔头轻轻敲了几下，那箱盖便突然弹起并猛烈飞开，与此同时，被谋害的沙特尔沃思先生那具遍体伤痕和血迹并几乎已经腐烂的尸体忽地一下坐了起来，直端端面对着晚宴的主人。那具尸体用腐烂而毫无光泽的眼睛悲哀地把古德费洛先生的脸凝视了一会儿，缓慢地，却清楚而感人地说出了几个字：“你就是凶手！”然后似乎心满意足地倒伏在箱沿上，伸出的肢体在餐桌上微微颤动。

当时那个场景真无法形容。客人们吓得纷纷夺门跳窗，有许多身强力壮的人被吓得当场昏倒。但在第一阵丢魂丧魄、惊呼呐喊之后，所有的目光都射向了古德费洛先生。即便我活上1000年，我也不会忘记呈现在那张脸上的极大痛苦，那张刚才还因得意和美酒而红扑扑的脸，此时已变得面如死灰。在好几分钟内，他像尊大理石雕像坐在那儿一动不动。他眼睛那种失神的样子仿佛是他的目光掉转了方向，正向内凝视他自己那颗痛苦而凶残的灵魂。最后，那两道目光好像是突然射向外部世界，他随之从椅子上一跃而起，头部和肩部重重地摔在桌上，他就那样俯在尸体跟前，以飞快的语速和强烈的感情一五一十地坦白了那桩可怕的罪行，那桩彭尼费瑟尔先生正为之坐牢并被判处死刑的罪行。

他所叙述的情况大致如下：他尾随被害人到了那个池塘附近。在那里他用一支手枪击中了马，用枪托打死了马的主人，还拿了死者装钱的皮夹子，他以为那匹马已死，便用力将其拖到了池边的荆棘丛中。然后他用自己的马驮上沙特尔沃思先生的尸体，并把它藏在了一个远离那片树林的隐蔽之处。

被找到的背心、折刀、钱夹和子弹都是他为了报复彭尼费瑟尔先生而亲手放置的。他还策划让警察发现了染血的围巾和衬衫。

那番充满血腥味的叙述快结束之时，那名罪犯的话语变得结结巴巴，声音变得低沉空洞。当那桩罪行被坦白完毕，他站起身摇摇晃晃朝后退了几步，然后倒下，死去。

逼出这番及时招供的方法虽然颇见效，可其实很简单。古德费洛先生的过分坦诚一直令我厌恶，并从一开始就引起了我的怀疑。彭尼费瑟尔先生揍他那次我也在场，当时他脸上那种恶魔般的表情虽说转瞬即逝，却使我深信他扬言的报复只要有可能便会严厉地施行。因而我能够用一种与嘎吱镇善良的镇民们截然不同的眼光来观看“老查利”巧施心计。我一眼就看出，不管是直接还是间接，所有的罪证都由他发现。不过让我看清案情真相的则是他从死马胸腔里发现子弹一事。尽管嘎吱镇人全部忘记，我却记得清清楚楚，马身上弹丸射进处有一个洞，弹丸穿出的地方还有一个，如果弹丸穿出后又从马身上找到，那我当然能认为找到的弹丸肯定是由找到者放入的。染血的衬衫和围巾证实了我对子弹的看法，因为经过检验，那些看上去的血迹原来不过是用上等波尔多红葡萄酒染成的。当我开始思索这些情况，包括古德费洛先生的花费和慷慨行为近来增加的情况，我心中产生了一种怀疑，虽然这种怀疑十分强烈，但我对谁也没有声张。

与此同时，我私下里开始认真地寻找沙特尔沃思先生的尸体，而我有充分的理由让我的搜寻方向尽可能地与古德费洛先生领着众人搜过的地方背道而驰。结果几天之后，我偶然发现了一口干涸的古井，井口差不多被荆棘遮掩。就在那口井的井底，我找到了我所寻找的尸体。

真是无巧不成书，就在古德费洛先生诱骗他的主人许诺送他一箱马尔哥堡葡萄酒之时，我正好无意间听到了这两个好朋友的谈话。于是我便利用这一点开始行动。我弄了一根很硬的鲸骨，将其从喉咙插入尸体，再把尸体放进一个旧酒箱，小心翼翼地使尸体和里面的鲸骨对折弯曲。这样做，我钉钉子时不得不使劲儿压住箱盖。我当然预期只要钉子一被撬松，箱盖就会飞开，尸体就会弹起。

这样钉好箱子后，我照已经说过的那样加上数码标志并写上地址。然后我以沙特尔沃思先生爱打交道的酒商的名义写了一封信，我还吩咐我的仆人按我发出的信号，把装在一辆两轮车上的箱子推到古德费洛先生门口。至于我想要尸体说出的那句话，我完全依赖我运用腹语术的技能。至于其效果，我指望那名凶手的良心发现。

我相信再没有什么需要解释的了。彭尼费瑟尔先生当即被释放，继承了他舅舅的财产，从这次经历中他吸取了教训，从此改过自新，幸福地过上了一种新的生活。

一星期中的三个星期天

“你这个狠心的、愚蠢的、顽固的、迂腐的、粗鲁的、发霉的、古板的老家伙！”一天下午我在想象中对我舅舅拉姆加乔说，并在想象中朝他挥舞拳头。

只能在想象中。事实上，当时在我所说的话和没胆量说出的话之间，在我所做的事和我有点想做的事之间，的确存在着某种小小的矛盾。当我推开客厅门时，那条老海豚正把双脚搭在壁炉架上坐着，手里端着一满杯红葡萄酒，正竭尽全力要完成那首小调：

斟满你的空杯！

请一饮而尽！

“我亲爱的舅舅，”我说着轻轻关上门，堆着一脸最殷勤的微笑走到他身边，“你对人总是那么体贴入微，你已经在很多方面，在那么多的方面表现了你的仁慈，以至……以至于我觉得，我只消再向你提一下这件小事就保证能得到你充分的默许。”

“哼，”他说，“好孩子！往下说！”

“我深信，我亲爱的舅舅（你这个讨厌的老家伙！），你并不是真正要，并不是当真要反对我和凯特表妹结婚，这不过是你的一句笑话。我知道，哈！哈！哈！你有时候可真逗。”

“哈！哈！哈！”他说，“混小子！我是当真的！”

“诚然，当然！我知道你在开玩笑。你看，舅舅，眼下凯特和我想要的，就是你能给我们一个忠告，譬如关于时间。你知道，舅舅，总之，你看什么时候对你最方便，我是说……举……举……举行婚礼，你心里明白？”

“婚礼，你这个无赖！你这是什么意思！你最好是安安心心等着那一天吧。”

“哈！哈！哈！嘿！嘿！嘿！嘻！嘻！嘻！呵！呵！呵！喔！喔！喔！哦，好极了！哦，妙极了！真是有趣！不过，现在我们想要的，你知道，舅舅，是你能指示一个准确的时间。”

“啊！准确的？”

“对，舅舅，就是说，如果这对你完全方便的话。”

“博比，难道我让它随便是哪一天不行吗，譬如说某年某时之类的？我非得说个准确的时间吗？”

“对不起，舅舅，准确的。”

“那好吧，博比，我的孩子。你是个好孩子，不是吗？既然你想要准确的时间，那我就当然，我就破例答应你一次。”

“亲爱的舅舅！”

“嘘，先生（他止住了我的声音）！我就破例答应你一次。你会得到我的同意和那笔钱的，我们一定不要忘了那笔钱。让我想想！该在什么时候呢？今天是星期天，不是吗？那么，你准确的结婚时间？挺好，准确的时间！当三个星期天出现在一个星期内之时！听清了吗？先生！你发什么呆？我说，当三个星期天一起出现在一个星期内之时，你就可以得到凯特和她那笔钱。但在此之前不行，你这个小无赖，在此之前不行，即使要我的命也不行。你了解我，我是个遵守诺言的人。现在滚吧！”他说完一口喝干了那杯红葡萄酒，而我则绝望地冲出了客厅。

我舅舅拉姆加乔是一个非常“优雅的英国老绅士”，但他与那首歌中的绅士不同，他有他的弱点。他是个矮小、有钱、傲慢、暴躁、半圆形的重要人物，有一个通红的鼻子、一个迟钝的脑袋、一个很大的钱包，而且对自己的重要性有一种强烈的意识。怀着这世上最善良的心愿，通过一种卓越而矛盾的任性，他设法在那些对他一知半解的人当中赢得了一个吝啬鬼的名声。像许多杰出人物一样，他似乎也有一种爱逗弄人的兴致。乍一看,这种兴致也许容易被人误以为是狠心。他对任何要求的立即答复都是一个斩钉截铁的“不”字，但到最后，到很久以后的最后，真正被他拒绝的要求却少得可怜。所有对他钱包发起的进攻都遭到他最为顽强的抵抗，但到头来的结果通常是，从他那儿勒索去的金额与进攻时间之长度和抵抗之顽强程度成正比。在施舍方面，没有人比他更慷慨或是更勉强。

对艺术，尤其是对文学艺术，他抱一种嗤之以鼻的态度。在这点上他一直受到卡齐米尔·佩里耶[1]的鼓舞，习惯引用他那句辛辣的质问:“诗人有什么用?”而且还像那位不再极端的逻辑天才一样，问这句话时总用一种滑稽的腔调。所以我对缪斯的略知一二早已惹他对我大为不满。一天我要求他为我买一部贺拉斯的新版作品时，他向我担保说“Poeta nascitur non fit”这句拉丁话应该翻译成“令我作呕的诗人一无是

1 卡齐米尔·佩里耶（Casimir-Pierre Périer，1777—1832），法国银行家及政治家，路易·菲利普当政期间曾任首相（1831—1832）。此处引言出自其遗著《论说集》（*Opinions et discourse*，1838）。

处”。这一说法令我怒火中烧[1]。最近，由于一种对他所认为的自然科学的偶然偏爱，他对“人文科学”的厌恶越发加剧。曾有人在街上招呼他，错把他当作一位不亚于那个假自然科学讲师杜布勒博士的人物[2]。这使得他突然间一反常态，而就在这个故事形成的时期（因为故事总是慢慢形成的），我舅舅拉姆加乔只在谈到碰巧与他正在热衷于的马术嗜好相一致的话题时才会通情达理，性情平和。对于其他，他一概手舞足蹈地加以嘲笑。他的政见非常顽固且易于理解。他同霍斯利一样认为，“人除了服从法律之外与法律没有任何关系。”[3]

我一直同这位老绅士生活在一起。我父母临终前把我作为一件贵重的遗赠物留给了他。我认为这老家伙爱我就像爱他自己的孩子。即便不如他爱凯特那样，但也差不多。不过他让我过的毕竟是一种悲惨的生活。从我 1 岁到 5 岁，他非常有规律地用鞭子抽我。从我 5 岁到 15 岁，他时时刻刻都用感化院威胁我。而从我 15 岁到 20 岁，他没有一天不保证要取消我的继承权。我

1 因为这句拉丁语的意思是“诗人乃天生，而非造就”。

2 暗指伦敦大学拉德纳教授（Dionysius Lardner, LL.D.，1793—1859），拉德纳教授 1840 年赴美就自然科学论题做巡回演讲。

3 霍斯利（Samuel Horsley，1733—1806），英国议员，此处引言出自其 1795 年 11 月 11 日在上议院辩论时的发言。

是个浪荡子，这一点不假，但在当时那是我天性之一部分，是我信仰的一个要点。不过我有凯特做我的坚强后盾，并且这一点我很清楚。她是个好姑娘，她非常甜蜜地对我说，无论何时只要我能从我舅舅那儿纠缠出那个必要的同意，我就可以得到她（包括她的钱等等）。可怜的姑娘！她才 15 岁，而如果没有那个必要的同意，她那笔小小的存款要等五个漫长的夏天“慢慢熬过之后才能够到手”。那怎么办呢？无论是 15 岁还是 21 岁（我当时已度过了我的第五个四年），翘首期待的 5 年和 500 年都没什么不同。我俩徒然地向那位老绅士发起了无休止的进攻。这是一道令人垂涎的主菜（正如于德先生和卡雷姆先生[1]常说），但恰好对上他那种与众不同的口味。若是看见他像一只老猫对待两只可怜的小耗子一样对待我俩，连极能忍耐的约伯[2]说不定也会勃然大怒。其实他心里也巴不得我和凯特结婚。他早就一个人拿定了主意。事实上，如果他能想出任何答应我们这一非常自然的请求的借口，他情愿从自己钱包里掏出 1 万英镑（凯特的钱属于她自己）。但当时我俩过于轻率，竟然自己提出了那个话题。在

1 于德（Louis-Eustache Ude）和卡雷姆（Marie-Antoine Carême）是当时著名的法国菜谱作家。

2 约伯是《圣经》中忍辱负重的典范。参见《旧约·约伯记》。

这样的情况下不加以反对，我真认为超越了他的能力。

我已经说过他有他的弱点，但千万别以为我说这话是在说他的顽固。顽固是他的一个优点，而绝非一个缺点。我提到他的弱点，是指他有一种奇怪的老妇人般的迷信。他热衷于梦、预兆以及各种各样的胡说八道。他还对小小的面子问题过分拘泥于形式。按他的说法，他无疑是一个遵守诺言的人。这其实是他的一个嗜好。他可以毫无顾忌地轻视他诺言的精神实质，但其字面意思却神圣而不可违背。而正是他性格中的这后一个特点，在那次客厅谈话不久之后的某一天，凯特的机智使我们对其加以了意想不到的利用。这样，按照现代诗人和演说家们时兴的方式，在开场白中耗尽了我可自由支配的时间并几乎耗尽了我可随意使用的篇幅之后，我将把构成这篇故事之要点简单地总结一下。

当时很凑巧，命运就这么安排，在我心上人那些当海军的朋友中，有两位先生在海上航行一年之后刚刚踏上了英格兰海岸。经过一番预谋，我表妹和我陪着这两位先生去拜访我舅舅拉姆加乔。那是10月10日星期天下午，正好是在那个令人难忘的决定残酷地摧毁了我们的希望三个星期之后。开始约半个小时的谈话都极其平常，但我们终于非常自然而然地使其变成了下面的对话。

普拉特船长：“哟，我离开这儿已有整整一年。今天恰好是一年，千真万确，让我想想！没错！今天是10月10日。你肯定记得，拉姆加乔先生，去年今天我曾来向你道别。顺便说一下，这事看起来真是巧极了，难道我们的朋友史密瑟顿船长不也是正好离开了一年，今天刚好一年？”

史密瑟顿：“没错！不多不少刚好一年。你肯定记得，拉姆加乔先生，去年的今天我和普拉特船长一块儿来向你告别，向你请安。”

我舅舅：“没错，没错，没错。我记得非常清楚。的确非常奇怪！你俩都刚好走了一年。这的确是个奇怪的巧合！正是杜布勒博士常说的一个异乎寻常的并发事件。杜布勒博士……”

凯特：（插入）“当然，爸爸，这是件稀奇事。可当时普拉特船长和史密瑟顿船长并不是走的同一条航线，而这会造成一种差异，你知道。”

我舅舅：“我会对这种事一窍不通？你这个傻丫头！我怎么会呢？我认为这只能使这件事更不寻常。杜布勒博士……”

凯特：“当然，爸爸，普拉特船长绕的是合恩角，而史密瑟顿船长绕的是好望角。”

我舅舅：“一点不错！一个朝东而一个往西，你这个死丫头，然后他俩都包着地球绕了一圈。顺便说一下，杜布勒博士……”

我自己：（匆匆插入）“普拉特船长，你明晚务必来做客，你和史密瑟顿船长，你们可以给我们讲讲你们的航行，我们还可以玩一局惠斯特牌，另外……”

普拉特：“玩牌，我亲爱的朋友，你忘乎所以了，明天是星期天。改天晚上再……”

凯特：“哦，去你的！博比还不至于那么忘乎所以。今天才是星期天。”

我舅舅：“当然！当然！”

普拉特：“我请你们二位原谅，但我不可能这么糊涂。我之所以知道明天是星期天，那是因为……”

史密瑟顿：（大为惊奇）“你们脑子里都在想些什么？我倒真想知道，难道昨天不是星期天？”

众人：“昨天当然不是！你弄错了。”

我舅舅：“今天才是星期天，我说，难道我还不知道？”

普拉特：“哦，不对！明天是星期天。”

史密瑟顿：“你们都疯了，你们每个人都疯了。我确知昨天是星期天，就正如我确知此刻我坐在这把椅子上一样。”

凯特：（急切地一跃而起）“我明白了，我全都明白了。爸爸，这是对你的一个报应，关于……反正你知道关于什么。现在听我说，我来简单地解释一下。这事其实很简单。史密瑟顿船长说昨天是星期天，昨天的确是，他是对的。博比表哥，我爸爸和我说今天是星期天，今天的确是，我们是对的。普拉特船长说明天将是星期天，明天的确是，他也是对的。事实上我们大家都是对的，这样，三个星期天已经一起出现在一个星期之内。”

史密瑟顿：（略一踌躇之后）“你看，普拉特，凯特让我们完全明白了。我俩可真是大傻瓜！拉姆加乔先生，事情是这样的：这地球，你知道，其圆周长为 2.4 万英里。地球绕地轴自西向东旋转——自转——这 2.4 万英里的时间正好是 24 小时。这你明白吗，拉姆加乔先生？

我舅舅：“当然，当然，杜布勒博士……”

史密瑟顿：（压过他的声音）“很好，先生。这样地球自转的速度是每小时 1000 英里。现在假设我从这里往东航行了 1000 英里。那我当然就比伦敦的日出时间提前了一个小时。我会比你早一个小时看见太阳升起。若朝同一方向再航行 1000 英里，我就早两个小时看见日出。再走 1000 英里，我就提前三个小时。以此类推，直到我包着地球绕一圈又回到伦敦，这样我就向东航行了 2.4 万英里，我正好比伦敦的日出时间提前了 24 个小时。这就是说，我比你的时间提前了一天。现在明白了，嗯？”

我舅舅：“但是杜布勒博士……”

史密瑟顿：（提高嗓门）“而普拉特船长则正好相反，他从这儿每往西航行 1000 英里就比伦敦时间晚一个小时，而当他往西航行完 2.4 万英里，他就比这儿的时间晚了 24 个小时，或者说晚了一天。这样，对我来说昨天是星期天，在你看来今天是星期天，而就普拉特而言，明天才是星期天。而且，拉姆加乔先生非常清楚我们大家都是对的，因为不可能有任何哲学上的理由能够认为我们当中谁比谁的时间概念更正确。”

我舅舅：“天哪！好啦，凯特。好啦，博比。正如你们所说，这是对我的报应。但我是一个遵守诺言的人。听好，孩子！你可以娶她（包括她的钱等等），随你什么时候。我累了，真的！三个星期天排着队来！我得去问问杜布勒博士关于这个问题的见解。”